Georg M. Oswald

In unseren Kreisen

Georg M. Oswald

In unseren Kreisen

Roman

PIPER

Mehr über unsere Autorinnen, Autoren und Bücher:
www.piper.de/literatur

Von Georg M. Oswald liegen im Piper Verlag vor:
Unter Feinden
Wie war dein Tag, Schatz?
Alle, die du liebst
Unsere Grundrechte
Alles, was zählt
Vom Geist der Gesetze
Vorleben
In unseren Kreisen

Unser Versprechen für mehr Nachhaltigkeit
• Klimaneutrales Produkt
• FSC®-zertifiziertes Papier
• Hergestellt in Europa

FSC www.fsc.org MIX Papier | Fördert gute Waldnutzung FSC® C014496

ISBN 978-3-492-05883-4

Satz: Eberl & Koesel Studio, Kempten
Gesetzt aus der Janson
Druck und Bindung: GGP Media GmbH, Pößneck
Printed in the EU

»In every dream home a heartache …«

Roxy Music

1.

Später behaupteten sie, die Erbschaft sei überraschend gekommen. Das war etwas merkwürdig, denn Tante Rose hatte nie einen Zweifel daran gelassen, dass sie ihr Haus einmal Tatjana, ihrer einzigen Nichte, hinterlassen würde. Aber gelogen war es auch nicht, denn alles, was diese Erbschaft mit sich brachte, erwies sich für Tatjana, Nikolai und ihre Tochter Marie als so ungeheuerlich, dass ihnen das Wort »überraschend« dafür sogar eher untertrieben erschien.

Tante Rose hatte ihr Leben auf außergewöhnliche Weise gestaltet, und so hielt sie es auch mit dessen Ende.

Ihr Mann Rudolf war schon vor einundzwanzig Jahren gestorben, und sein Tod war plötzlich und unerwartet gekommen. Er hatte in dem ledernen Ohrensessel seines Therapiezimmers gesessen. Das war der größte und prächtigste Raum des Hauses, in dessen Zentrum eine ebenso mächtige wie rätselhafte Gerätschaft stand, mit deren Hilfe er seine Patienten behandelte.

Rudolf las, vermutlich mit Wohlgefallen, und deshalb eigentlich in ausgeglichener Stimmung, in dem von ihm selbst verfassten Buch *Die Fortentwicklung des Orgons*, und erlitt dabei einen Herzinfarkt, an dem er sofort verstarb. Ein stummer, schneller Tod. Erst abends, als Rose fand, er halte sich ungewöhnlich lange und still in seiner Praxis auf, sah sie nach ihm und fand ihn, das Buch in seinem Schoß liegend, als sei er eingeschlafen, aber sie verstand sofort, dass er tot war.

Sie trauerte sehr um ihn, doch nach düsteren Wochen, in denen sie endgültiger Verzweiflung sehr nahekam, gelang ihr eine Entdeckung, die Rudolf stolz auf sie gemacht hätte. Sie hatte mit der riesigen Apparatur im Therapiezimmer zu tun. Ihr sichtbarer Teil bestand aus einer ziemlich schlicht zusammengezimmerten Kammer aus massivem Holz, deren Innenseiten mit Metallplatten ausgekleidet waren. Ein kleiner Holzschemel stand darin, auf den sich die Patienten setzen mussten, bevor die Kammer geschlossen wurde. Sie befanden sich dann in einem winzigen Raum ohne Licht und mit wenig Luftzufuhr und durften deshalb nur wenige Minuten darin verweilen. Die Tür ließ sich auch von innen öffnen, damit sie die Behandlung abbrechen konnten, wann immer sie wollten.

Um Rudolf auf irgendeine Weise nahe zu sein, verbrachte Rose in den ersten Wochen nach seinem Tod mehr und mehr Zeit in dieser Kammer. Zuerst saß sie einfach nur bei geöffneter Tür darin und dachte an das, was Rudolf ihr über ihre Wirkungsweise erzählt hatte. Wie die metallisch beschichteten Innenwände die Orgonenergie des Körpers reflektierten, wo sie sich dann potenzierten. »Es ist ein absolut rätselhafter und noch kaum erforschter Prozess«, hatte Rudolf zu sagen gepflegt. »Wilhelm Reich hat die Tür nur aufgestoßen. Welch ungeheurer Raum sich dahinter eröffnete, konnte auch er nur erahnen. Ich hatte das Glück, einen ersten Schritt hinein machen zu dürfen. Ich kann sagen, ich bin weiter gekommen, als ich mir je hätte träumen lassen. Und doch ganz sicher nur am Anfang. Es wird an anderen sein, die Suche fortzusetzen. Wir haben die Spur gelegt.«

Immer wenn sie in der Kammer saß, fühlte Rose sich Rudolf besonders nahe. Das war nicht weiter verwunderlich, schließlich war dieses Zimmer der Ort gewesen, wo er die meisten Stunden des Tages verbracht hatte. Wie sollte sie an dieser Stelle nicht ganz besonders intensiv an ihn denken? Zunächst saß sie, wie erwähnt, bei geöffneter Tür auf dem Schemel im Inneren, lehnte sich mit dem Rücken an die Wand, probierte verschiedene Sitzhaltungen, meditierte. Alles, was ihrem Schmerz ein wenig Linderung verschaffte, war ihr willkommen. Irgendwann hatte sie, erst nur ganz vage, den Eindruck, wirklich einer Spur zu folgen. Sie wusste weder, ob dieser Eindruck zutraf, noch, wohin sie führen konnte. Aber hatte Rudolf nicht genau davon gesprochen? Von einer Spur? Eine aufrechte Sitzhaltung mit geschlossenen Augen, Rücken und Kopf gerade, die Hände auf den Knien, erwies sich als besonders ergiebig. Irgendetwas geschah, als sie so saß. Was sie anfangs aus Furcht, sich einzusperren, unterlassen hatte, tat sie jetzt: Sie schloss die Kammer. Zu ihrer Erleichterung war es nicht vollkommen dunkel darin. Die Tür war oben und unten etwas kürzer als der Rahmen; mehr Luft und Licht gelangten ins Innere als sie vermutet hatte.

Zuerst war es vielleicht eher eine Hoffnung als eine Empfindung. Aber schon bald kam es ihr vor, als folge sie einer Art unsichtbarem Wegweiser, einer Energie, die sie leitete. Und dann geschah es: Sie hörte eine Stimme; eine männliche Stimme. Nein, sie erkannte sie nicht sofort als die von Rudolf. Sie hoffte, es könnte seine sein. Rose verstand auch nicht, was die Stimme sagte. Es klang so, als spräche jemand in ein Kissen hinein. Verwaschen, dumpf. Es waren kurze, unaufgeregte Sätze, sie klangen wie beiläufige Bemerkungen, aber leider vollkommen unverständlich.

Rose experimentierte. Sie fixierte mit offenen Augen einen Punkt an der metallischen Innenwand der Kammer, so als wolle sie mit Laserblick ein Loch hineinbrennen. Die Stimme entfernte sich, sprach immer weniger, verschwand schließlich ganz. Rose schloss die Augen, um sich von der Anspannung zu erholen, die Stimme kam wieder, kam näher. Rose versetzte sich in einen tranceartigen Zustand, bewusst und unbewusst zugleich, so als erlebe sie sich selbst beim Träumen. Sie glaubte Rudolfs Stimme zu hören, die ihren Namen sagte.

»Rudolf?«, erwiderte sie zaghaft. Und alles war vorbei.

Viele Male wiederholte sie diesen Vorgang und entwickelte nach und nach eine Technik, sich in der Kammer in diesen Zustand zu versetzen, der es ihr ermöglichte, zugleich vollkommen wach zu sein und doch in einer Sphäre, die ihr ganz neu, ganz unbekannt erschien, wie ein zuvor noch nie betretener Raum. Und dann hörte sie ihn, und verstand, was er sagte:

»Da bist du ja. Gut gemacht. Ich hätte dir nicht sagen können, wie du mich findest. Aber du hast mich gefunden.«

Rose saß in kerzengerader Haltung mit geschlossenen Augen auf dem Schemel in der geschlossenen Kammer, die Hände auf den Knien. Tränen liefen ihr über die Wangen. Sie sprach nicht wirklich, nicht mit ihren Stimmbändern und ihrem Mund. Sie sprach in diesem neuen Raum, den sie gefunden hatte, und in dem sie nun gemeinsam mit Rudolf war. Sie konnte ihn nicht sehen, nur hören und seine Anwesenheit spüren, auch wenn er nichts sagte.

Er schien sehr schwach zu sein, aber er war da, daran gab es nicht den geringsten Zweifel.

»Wir müssen das üben«, sagte er. Dann war er weg.

Rose stieß die Tür der Kammer auf, stürzte heraus, rang nach Luft, eilte hinaus in den Garten, atmete tief ein und aus, wie sie es beim Yoga gelernt hatte, um sich zu beruhigen. Die Frage, ob sie nun verrückt geworden war, ob die Trauer sie wahnsinnig gemacht hatte, stellte sie sich nicht. Sie kannte den Unterschied zwischen einem realen Erlebnis und einer Wahnvorstellung, und nur, dass man ein völlig unglaubliches Erlebnis hatte, bedeutete nicht, dass es nicht real war.

Sie war Rudolf begegnet, sie hatte Kontakt zu ihm, es war ihr möglich, ihn in einem Raum zu treffen, den sie zu betreten gelernt hatte.

Nach diesen Begegnungen war Rose jedes Mal vollkommen erschöpft. Schon nach einem kurzen Aufeinandertreffen mit ihm schlief sie einen Tag und eine Nacht lang, bevor sie sich halbwegs wieder erholt hatte, und nach dem Aufwachen fühlte sie sich elend, so als hätte sie sonst wie über die Stränge geschlagen.

Trotzdem, sobald sie genügend Kräfte gesammelt hatte, ging sie wieder in die Kammer und hoffte, es würde ihr wieder gelingen, Kontakt aufzunehmen. Und es gelang ihr. Nur war Rudolf leider sehr schwach, sehr weit weg.

»Es ist nicht für immer«, hörte Rose ihn sagen. »Aber es wird für lange Zeit sein.«

Es dauerte eine Weile, bis Rose verstand, dass es unverhältnismäßig viel Kraft kostete, zu sprechen. Besser war es, sich auf die gemeinsame Anwesenheit zu konzentrieren, das Dasein des anderen zu spüren, ohne etwas zu sagen. Es gelang ihnen in erstaunlicher Manier, herauszufinden, wie sie sich auf diese Weise vereinigen konnten.

Nur einen einzigen Menschen gab es, dem Rose je davon erzählte, eine Freundin, der sie die Begegnungen mit Rudolf beschrieb »wie den Tanz zweier ineinandergreifender Spiralen«.

Doch Rudolfs Voraussage bewahrheitete sich. Es war nicht für immer. Lange Zeit überwog bei Rose die Euphorie über die ungeheuerliche Entdeckung und überlagerte, was schon von Anfang an zu bemerken gewesen wäre. Auch in diesem fantastischen Raum ihrer Begegnungen waren die Gesetze des Zerfalls nicht außer Kraft gesetzt. Aber sie mochte sie nicht wahrhaben. Was spielte es für eine Rolle, wie lange Rudolf da war, solange er da war? Rose übte sich darin, das Schwächerwerden der Impulse durch das Trainieren ihrer Wahrnehmungsfähigkeiten auszugleichen. Zu Beginn des letzten Jahres aber waren es nur noch undeutliche Signale, die Rose in Sekundenbruchteilen von Rudolf empfing. Schließlich war ein Zustand erreicht, in dem sie, wenn sie ehrlich war, seine Anwesenheit nur noch erahnen konnte. Und irgendwann war auch das vorbei.

Ein ganz besonderer Schmerz lag für Rose darin, dass es ihnen auch diesmal nicht gelungen war, sich voneinander zu verabschieden, und trotzig dachte sie: Warum auch, wenn sie dafür bestimmt waren, zusammen zu sein. Sie war sich sicher, Rudolf war nicht einfach weg; aber er befand sich von jetzt an in einem Seinszustand, der für sie nicht länger erreichbar war.

Da beschloss sie, es sei nun auch für sie Zeit zu gehen.

2.

Sie rief die eine Freundin an, die sie in all dies eingeweiht hatte, eine Rechtsanwältin. Dr. Johanna von Drach war Erbrechtsspezialistin, eine frühere Patientin Rudolfs, später seine Geliebte, und noch später auch eine Geliebte von Rose.

Rudolf und Rose waren zwar verheiratet gewesen, dies jedoch, wie sie stets betonten, allein wegen formaljuristischer Notwendigkeiten, die zu banal waren, um lange davon zu sprechen, also Steuern, Pensionsansprüche und dergleichen. Rose hatte auch Rudolfs Familiennamen angenommen, aber nicht, um sich dem patriarchalischen Prinzip unterzuordnen, sondern weil sie ihren eigenen loshaben wollte.

Den Charakter ihrer Beziehung sollte diese, wie sie dachten, vom Staat aufoktroyierte Zwangsform der Ehe aber nicht bestimmen. Von Beginn an lebten sie in polyamorösen Verhältnissen; offen und frei, aber ohne einander Rechenschaft zu schulden.

Nicht alle Menschen in ihrem Umfeld kamen damit zurecht, sondern fanden es skandalös, beneidenswert, oder beides. Manche aber, wie Dr. Johanna von Drach, verstanden, damit umzugehen, und auch noch lange nach dem Abklingen der erotischen Faszination aneinander blieb unter ihnen dreien eine tiefe Verbundenheit, welche die Jahrzehnte überdauerte. Sie rührte nicht zuletzt daher, dass sie ähnliche Vorstellungen teilten, vom Leben, vom Tod, und den unbenannten Gefilden dazwischen.

Dr. Johanna von Drach lebte in einem ähnlichen Viertel wie Rose. Großzügig bemessene Grundstücke mit stattlichen Einfamilienhäusern darauf, in denen wohlhabende Menschen lebten, die gerne unter sich bleiben wollten.

Das Telefongespräch, das die beiden führten, war kurz:

»Es ist vorbei. Ich erreiche ihn nicht mehr. Fährst du mich?«

»Ja, natürlich. Wie versprochen.«

Gleich nach dem Anruf packte Johanna, führte einige Telefonate und fuhr in ihrem leise summenden Hybrid-SUV direkt zu Rose. In den vergangenen Jahren war ihr Kontakt nicht mehr so regelmäßig gewesen wie früher, aber zur Begrüßung umarmten sie sich innig und lange, denn sie wussten, nun war ihre letzte gemeinsame Zeit gekommen.

Auf der Fahrt nach Zürich sprachen sie kein Wort über das, was dort geschehen sollte. Das hatten sie früher schon getan. Stattdessen redeten sie über die Zeiten, als das Leben noch ihnen gehört hatte; über die Feste, die Musik, das Tanzen, die Experimente, die sie gemacht hatten; vor allem in der Liebe. Sie hatten alles infrage gestellt, alles neu ausprobiert, einander verletzt, verziehen, viel verloren, viel gewonnen.

Sie beide waren übrig geblieben, so hatte es sich nun ergeben. Einmal, als sie schon lange geschwiegen hatten, griff Johanna nach Roses Hand und hielt sie eine ganze Weile. Das fühlte sich schön an, denn sie spürten beide, ihre Entschlossenheit überwog ihre Aufregung.

Sie fanden sich am Stadtrand in einer stattlichen und sehr gepflegten Villa der vorletzten Jahrhundertwende ein, die durch ihre immerwährend erscheinende Bürgerlichkeit Vertrauen weckte. Früher hätten sie sich darüber vielleicht lustig gemacht, jetzt fanden sie es eher tröstlich, vor allem aber nebensächlich.

Nachdem sie die Aufnahmeformalien an der Pforte erledigt hatten, die eigentlich eher einer Hotelrezeption glich, wurden sie von einer Ärztin im weißen Kittel empfangen. Sie war ungefähr sechzig, hatte grau meliertes, fülliges, zu einem Knoten gebundenes Haar und ein Lächeln, das Rose das Zutrauen gab, in den richtigen Händen zu sein. Schwer zu beschreiben, dieses Lächeln. So als gäbe es nichts, was sie nicht schon gesehen hätte.

Rose wunderte sich über sich selbst. Ein Bild, eine Fantasie kam ihr in den Sinn. Sie fühlte sich wie eine Akrobatin, die an einem neuen Zirkus ankommt, wo man die Vorführung eines besonders mutigen Kunststücks von ihr erwartet. Alle wussten, wenn sie es wagte, würde es tödlich enden, und trotzdem geriet ihr Entschluss zu tun, was sie sich vorgenommen hatte, nicht ins Wanken.

Natürlich hatte sie Angst. Aber der Wunsch, dorthin zu gelangen, wo Rudolf jetzt war, war stärker. Das hing übrigens nicht allein mit ihm zusammen, oder mit ihrer Liebe zu ihm. In den Jahren seiner Abwesenheit hatte sie den Eindruck gewonnen, sein Leben nach dem Tod sei vor allem eines gewesen: die Befreiung von den physischen Fesseln seiner Existenz. Er war an einem freieren Ort, nach dem auch sie sich sehnte. Dorthin wollte sie auch.

Die Ärztin zeigte Rose ihr Zimmer. Sie bat Johanna, draußen zu warten, schloss die Tür und führte ein letztes Gespräch mit Rose.

»Überprüfen Sie Ihren Entschluss ohne Furcht, ihn zu ändern«, sagte die Ärztin.

»Ich habe Angst. Aber ich bin mir sicher«, sagte Rose.

»Die Angst ist am Ende bei allen ziemlich gleich. Wir wollen nicht sterben. Selbst wenn wir es wollen.«

Rose nickte. Eine Weile schwiegen die beiden Frauen, bis sie gewiss waren, dass es nichts weiter zu sagen gab.

Roses Zimmer war schlicht, aber geschmackvoll eingerichtet. Johanna hatte genaue Anordnungen erteilt, wie es auszusehen habe. Sie waren gewissenhaft befolgt worden. Vor allem stand dort, wo sie stehen sollte, Rudolfs Therapiecouch, eine sehr bequeme Chaiselongue, die eigens aus seinem Arbeitszimmer hierhergebracht worden war.

»Wenn Sie möchten, machen Sie sich nun fertig, und ich komme, wenn Sie mich rufen«, sagte die Ärztin.

Rose kleidete sich in einen farbenfroh-bunten Kaftan aus Crêpe de Chine, Satin und Twill-Patchwork. Dann bat sie Johanna, hereinzukommen.

»Schön bist du«, sagte Johanna ruhig, beinahe sachlich. »Darf ich?«, fragte sie, und half, nach Roses Einverständnis, mit den Gesten einer Meisterschneiderin, sie für ein letztes Foto zurechtzumachen. Rose saß dafür schon auf der Chaiselongue, noch aufrecht, und Johanna nahm ein Porträt von ihr auf.

Sie betrachteten es gemeinsam und fanden beide, es sei außergewöhnlich gut gelungen.

Rose bat Johanna, die Ärztin zu rufen. Sie kam mit einem gewöhnlichen Glas Wasser, in dem das tödliche Barbiturat aufgelöst war.

Rose nahm das Glas, betrachtete es kurz, führte es ruhig zum Mund und trank es langsam, aber in einem Zug. Dann streckte sie sich auf der Chaiselongue aus und griff nach der Hand Johannas, die sich auf einen Stuhl neben sie gesetzt hatte. Stumm warteten sie, innig verbunden durch ihre Hände, während Rose allmählich in den Schlaf hinüberdämmerte. Es dauerte nur wenige Minuten, bis sich Roses Tod durch vier tiefe, gleichmäßige Atemzüge ankündigte, denen einfach kein weiterer mehr folgte.

Johanna blieb noch eine ganze Weile bei Rose sitzen und betrachtete sie, wobei sie nicht aufhörte, ihre Hand zu halten. Es schien ihr, als wäre Rose nun plötzlich wieder jung, wenn auch auf eine entrückte, unerreichbare Weise. Sie sah friedlich aus, auf wunderbare Art losgelöst von allem. Johanna war sich sicher; wenn es einmal an der Zeit wäre, würde auch sie diesen Weg wählen. Noch allerdings verspürte sie nicht den geringsten Wunsch danach. Rose hatte sie beauftragt, die letzten Dinge für sie zu regeln, und sie hatte vor, nun genau das zu tun.

3.

Tatjana und Nikolai standen in der Küche und bereiteten das Abendessen, Gemüselasagne, und diskutierten dabei mit Marie, die am Küchentisch saß. Sie mühte sich mit einer Hausaufgabe, die sie noch immer nicht zu Ende gebracht hatte. Im Allgemeinen, hieß es, täten sich Mädchen in der Schule leichter als Jungs. Für Marie galt das nicht. Sie langweilte sich oft, und fand selten Vergnügen an den Aufgaben, die Frau Elmer, die Klassenlehrerin, stellte. Obwohl Maries Eltern es nicht so direkt zugeben mochten und es auch Marie gegenüber nicht ausdrücklich sagten, waren sie schon der Meinung, das läge an Frau Elmer. Zumindest lag das Problem in ihrem Verantwortungsbereich, daran gab es ja wohl keinen Zweifel. Tatjana und Nikolai hatten deshalb demnächst einen Sprechstundentermin bei ihr. Mit ihrer Meinung über Frau Elmers pädagogische Fähigkeiten hielten sie sich auch Marie gegenüber nicht zurück, was ihnen zugegebenermaßen nicht ganz richtig vorkam. Aber wenn sie Marie eines sicher nicht beibringen wollten, war es bedingungsloser Gehorsam. Auch eine Viertklässlerin sollte das Recht haben, ihre Lehrerin zu kritisieren. Doch die Hausaufgaben mussten natürlich trotzdem gemacht werden. Tatjanas Telefon lag schon auf dem Tisch bereit für das Spiel, das Marie bis zum Essen darauf spielen durfte, wenn sie endlich fertig wäre. Und plötzlich fing es zu brummen an wie ein großer, auf dem Rücken liegender Käfer, das Display zeigte den Schriftzug »Anonym« an.

Nur bei den Großeltern waren die Telefone manchmal so eingestellt, dass sie die Nummer nicht anzeigten.

Nikolai verdrehte die Augen und fragte, ob Tatjana nicht später drangehen könne, er wolle hier weiterkommen, aber Tatjana meinte, »am Dienstagabend um die Zeit rufen sie sonst nie an«, hielt also einen Notfall nicht für ausgeschlossen und hatte das Telefon schon in der Hand. An ihrem Verhalten wurde Nikolai recht schnell klar, dass zwar nicht die Eltern anriefen, es aber wirklich um etwas Besonderes zu gehen schien. Tatjana legte, ganz aufs Zuhören konzentriert, das Gemüsemesser auf die Anrichte und ging aus der Küche. Nicht aus Sorge, aus purer Neugier, folgte ihr Nikolai ein paar Schritte und versuchte dabei, ihren Blick einzufangen, was ihm auch gelang. Sie nickte ihm auf eine Weise zu, die bedeuten sollte: Ja, passiert ist etwas, aber keine Katastrophe, jedenfalls nicht für sie; sie würde es gleich nach dem Telefonat erzählen.

Er ging, einstweilen zufriedengestellt, zurück in die Küche.

»Wer ist das?«, fragte Marie.

»Ich habe keine Ahnung«, antwortete er.

Nachdem Tatjana das Gespräch beendet hatte, kam sie zurück, sah erst Nikolai, dann Marie an und sagte, als sie sich ihrer ungeteilten Aufmerksamkeit sicher war:

»Tante Rose ist gestorben.«

»Oh«, antwortete Nikolai, und wäre sofort bereit gewesen zuzugeben, dass dies eine eher unterkomplexe Reaktion war.

Marie aber fragte:

»Wer ist Tante Rose?«

»*War*«, antwortete Tatjana, »wer *war* Tante Rose. Das fragst du völlig zu Recht. Du hast sie nie kennengelernt.«

»Warum nicht?«

»Ich weiß es nicht so richtig. Sie wollte nicht, dass wir uns sehen.«

Das war nicht die ganze Wahrheit, wie Maries Eltern sehr wohl wussten.

»War sie sauer auf uns?«

»Nein, gar nicht.«

Marie zog die Schultern hoch und ließ sie wieder fallen. Was sollte man dazu sagen?

»Das da eben«, fuhr Tatjana fort, »war eine Anwältin. Eine Freundin von Rose. Sie hat gesagt, ich bin Roses Alleinerbin. Und sie hat über die Beisetzung gesprochen, wenn man das so nennen kann.«

»Kann ich jetzt das Handy haben?«, wollte Marie wissen. Sie spürte, ihre Hausaufgaben schienen plötzlich nicht mehr das Wichtigste zu sein. Und das Gerede über eine Tante, von der sie gar nichts wusste, und die jetzt plötzlich tot war, gefiel ihr überhaupt nicht.

Tatjana gab ihr das Telefon. Grund genug für Marie, noch einen Schritt weiter zu gehen.

»Darf ich in mein Zimmer?«, fragte sie.

»Ja, sicher, wir rufen dich, wenn das Essen fertig ist«, sagte Tatjana. Marie machte schnell, um ihren Eltern keine Zeit zu lassen, ihre Meinung zu ändern.

Als sie alleine in der Küche waren, vergewisserten sie sich mit Blicken gegenseitig, dass sie das Gleiche dachten: Diese Nachricht würde weitreichende Folgen für sie haben, wenn sie auch noch nicht genau wussten, welche.

»Dr. Johanna von Drach«, sagte Tatjana.

»Das war die Frau am Telefon?«

»Ja.«

»Und wer ist das?«

»Die Testamentsvollstreckerin, Anwältin, letzte Weggefährtin von Rose. Hat sie mir alles erzählt. Rose ist in der Schweiz gestorben.«

»Im Urlaub?«

»Nicht im Urlaub. Bei so einer Sterbevereinigung. Begleiteter Suizid oder so.«

»Oje. War sie krank?«

»Nein. Sie hatte den Kontakt zu ihrem Mann verloren.«

Nikolai sah seine Frau etwas ratlos an.

»Der ist doch schon seit zwanzig Jahren tot«, sagte er nach einer kurzen Pause.

»Ja. Frau Dr. von Drach hat es so erklärt: Jahrzehntelang hatte Rose eine Art spirituelle Verbindung zu ihrem Rudolf. Und zuletzt eben nicht mehr. Da wusste sie, es war Zeit zu gehen.«

Nikolai nickte, als sei ihm ein finsterer Verdacht bestätigt worden. Das passte zu dem Bild, das er von Rose hatte.

Er war ihr nur einmal begegnet. Lange her, über zehn Jahre. Tatjana und er waren frisch verheiratet gewesen und Marie noch gar nicht auf der Welt.

Tatjana hatte Rose zur Hochzeit zwar eingeladen, sie hatte aber dankend abgelehnt.

»Viel besser wird es sein, ihr kommt mich besuchen, wenn alles vorbei ist. Dann können wir besprechen, was wirklich wichtig ist, und müssen uns nicht mit den Gehässigkeiten deines Vaters herumschlagen«, hatte sie gesagt.

Nikolai hatte das zwar mitbekommen, verstand aber die Zusammenhänge im Einzelnen nicht und interessierte sich zugegebenermaßen auch nicht sonderlich dafür. Warum hätte er sich für irgendwelche Familienstreitigkeiten interessieren sollen, wenn er gerade dabei war, seine große Liebe zu heiraten?

Später waren sie mit U-Bahn und Bus ins Philosophenviertel gefahren, so hieß die Villengegend am Stadtrand, in der Tante Rose wohnte. Es war ein heißer Sommertag, sie trugen beide Shorts und T-Shirt, und Nikolai kam sich ein wenig underdressed vor für den Antrittsbesuch bei einer Tante. Aber Tatjana beruhigte ihn.

»So was ist Rose völlig egal«, sagte sie.

Während der Fahrt klärte sie ihn darüber auf, wer Tante Rose war, was sie ihr Leben lang so gemacht hatte, und wie sie zum Rest der Familie stand. Teilweise klang es abenteuerlich, teilweise kompliziert, unerfreulich, unverständlich und verbohrt. Tatjana berichtete in ironischem Ton, so als fasse sie die wenig wahrscheinliche, dafür aber unendlich verwickelte Handlung einer Daily Soap zusammen.

In Erinnerung geblieben war Nikolai, dass Tatjanas Vater Holger immer eine heftige Abneigung gegen Tante Rose empfunden hatte. Rose war die Schwester von Tatjanas Mutter Ingrid gewesen, die nach Holgers Meinung vollkommen zu Unrecht immer im Schatten von Rose gestanden hatte. Ingrid war schon lange gestorben, bevor Tatjana und Nikolai sich kennengelernt hatten, und bei Ingrids Beerdigung war es zum finalen Bruch zwischen Holger und Rose gekommen. Holgers Ankündigung, den Kontakt zu ihr nun endgültig abbrechen zu wollen, ging ins Leere, denn Rose war die Verbindung zur Familie nie sonderlich wichtig gewesen. Ob sie sie verachtete? Schwer zu beurteilen, aber das Leben, das ihre Schwester Ingrid mit ihrem Mann Holger und ihrer Tochter Tatjana geführt hatte, war ihr so fremd, als hätte es auf einem anderen Planeten stattgefunden.

»Was war denn so seltsam an eurem Leben?«, fragte Nikolai.

»Seltsam war bei uns gar nichts, ganz im Gegenteil. Papa Siemensangestellter, mittlere Führungsebene,

Mama Hausfrau, Tochter Gymnasiastin, Reihenhaus im Vorort. Alles supernormal.«

»Und Rose war was Besseres?«

»Das vielleicht nicht, aber sie wollte raus. Mit Anfang zwanzig ging sie nach Kalifornien, wo sie Rudolf kennenlernte. Ein exzentrischer Therapeut, einer der letzten Schüler Wilhelm Reichs, angeblich vom CIA beobachtet, mit ziemlich erfolgreicher Praxis in Berkeley. Der Name lässt es erahnen, er war auch aus Deutschland. Sie legten bestimmt beide keinen großen Wert darauf, irgendwie besonders deutsch zu erscheinen, aber es verband sie offenbar doch miteinander.«

»Und was brachte sie zurück nach Deutschland?«

»Sein Erbe. Rudolfs Mutter starb Ende der Sechzigerjahre und hinterließ ihrem Sohn das Haus, zu dem wir gerade unterwegs sind. Sie kehrten als verheiratetes Paar zurück und brachten jede Menge kalifornische Lässigkeit ins Philosophenviertel.«

Tatjana hatte es verstanden, Nikolai neugierig zu machen.

Sie legten den Weg von der Busstation bis zum Gartentor von Roses Villa zu Fuß zurück. Vom Teer der idyllischen Siedlungsstraßen stieg die Hitze auf. Schleiermachergasse, Hegel-, Nietzsche-, Schopenhauerstraße, las Nikolai belustigt laut von den Schildern ab, als sie daran vorbeikamen.

Tante Roses Haus war schlichtweg spektakulär. Es leuchtete weiß, war achtzig Jahre alt und zugleich atemberaubend modern, Neue Sachlichkeit, das einzige Gebäude weit und breit in diesem Stil.

»Ist ja sagenhaft«, hauchte Nikolai voller Bewunderung. Tatjana nickte zufrieden und drückte die Türklingel, während er den orangefarbenen Porsche 911 in der Einfahrt bestaunte; aus den Sechzigerjahren, aber in perfektem Zustand.

Tante Rose öffnete die Tür in einem langen, bunten Sommerkleid und umarmte sie zur Begrüßung, aber Nikolai behielt diese Umarmung nicht als herzlich in Erinnerung, sondern als irritierend unpersönlich. Roses Aussehen hatte ihn gleich beschäftigt. Sie war ungewöhnlich groß und aufrecht gewachsen, was ihr trotz ihres Alters etwas beinahe Athletisches verlieh.

Rose bat sie ins Haus und begann ohne Umstände mit einer kleinen, allerdings unvollständigen Führung, die sich auf die Räume im Erdgeschoss beschränkte. Das Therapiezimmer war der größte Raum des Hauses. Rudolf war zu diesem Zeitpunkt schon über zehn Jahre tot gewesen. Trotzdem sah alles so aus, als liefe der Praxisbetrieb noch. Bücherregale vom Boden bis zur fünf Meter hohen Decke, eine Sitzgruppe inklusive Patientencouch um einen niedrigen quadratischen Holztisch herum mit einer Kleenexbox in der Mitte; ein Sekretär, auf dem Bücher, Papiere, Schreibutensilien lagen, als wäre Rudolf gerade von dort aufgestanden und für einen Moment durch die offen stehenden bodentiefen Flügelfenster in den sommerlichen Garten hinausgegangen, um sich etwas zu sammeln, bevor der nächste Patient kam.

»Ich habe alles so gelassen wie es war«, sagte Rose,

als sie ihre Gäste hinaus auf die Terrasse führte. »Es hätte ja gar keinen Sinn, irgendetwas zu ändern.«

Im Garten saßen sie an einem runden, gusseisernen Tisch unter einem weitgespannten Sonnenschirm bei Erdbeeren und Eistee.

Zunächst erörterte Rose in einer für Nikolai doch überraschenden Offenheit, sie habe nun mithilfe einer Anwältin ihr Testament gemacht und dabei Tatjana als Alleinerbin eingesetzt. Lange habe sie überlegt, ob sie nicht lieber eine Stiftung gründen sollte, um Rudolfs Nachlass zu bewahren, sich dann aber doch dagegen entschieden. Von ihrer Entscheidung werde sich Holger zwar unweigerlich ein weiteres Mal düpiert fühlen, doch das sei nur ein Nebeneffekt. Er empfinde ja ihre ganze Existenz als einen einzigen Angriff gegen sein kleinkariertes Spießertum, aber das interessiere sie eigentlich nicht.

»Du bist meine nächste Verwandte«, sagte sie zu Tatjana. »Nicht dass ich auf solchen Unfug wie Verwandtschaft etwas gäbe. Was allein zählt, ist Seelenverwandtschaft. Aber die ist selten. Sehr selten. Die meisten Menschen erleben sie überhaupt nie oder sind zu vernagelt, sie zu erkennen. Wie auch immer, ihr seid diejenigen in dieser Familie, die noch am ehesten den Weg in die Freiheit finden könnten. Und noch was, ich hab mich erkundigt. Wenn ich kein Testament machte, würdest du, nach den Regeln, die in diesem Land gelten, ohnehin alles erben; eben weil du meine nächste Verwandte bist. Dann bekommst du es doch besser von mir.«

Nun wolle sie von Tatjana wissen, ob sie sich aus irgendwelchen Gründen gehindert sehe, das Erbe anzunehmen.

Nikolai staunte, wie schnell aus dem Besuch bei Tatjanas legendärer, exzentrischer Hippietante beinahe eine Geschäftsbesprechung geworden war.

Tatjana war nun in der Verlegenheit, völlig überraschend die Annahme einer Erbschaft erklären zu sollen, über die sie sich bis dahin nie Gedanken gemacht hatte. Da sie ihr enorm großzügig erschien und ausschließlich zu ihrem Vorteil war, wäre es ihr falsch vorgekommen, um Bedenkzeit zu bitten; also sagte sie Ja dazu, ja natürlich, was für eine überwältigende Großzügigkeit! Holger werde es schon gelingen, das auch so zu sehen. Gott sei Dank seien das ja alles Dinge, die in weiter, ungewisser Zukunft lägen, und so kräftig und gesund wie Rose wirke, falle es ihr leicht, etwas zuzustimmen, von dem sich ohnehin niemand vorstellen konnte, es würde jemals eintreten.

Rose nahm, was als Kompliment gemeint war, eher als, wenn auch verzeihliche, Unbeholfenheit entgegen, war damit aber zufrieden und wechselte das Thema. Bereitwillig ging sie auf Tatjanas und Nikolais Fragen ein und erzählte, wie sie mit Anfang zwanzig nach San Francisco gegangen war, »einfach, um etwas zu erleben«. Für eine junge Frau sei das sicher sehr ungewöhnlich gewesen, aber sie wollte nicht so leben wie all die anderen um sie herum, mit ihren Ausbildungen und Berufen, ihren Familien und Pflichten. »Ich war schön, jung und klug. Es musste einfach mehr für mich drin sein«, habe sie sich gedacht.

Sie erzählte, wie sie in Berkeley in einer Studentenkneipe arbeitete, ein Psychologiestudium begann und auf einer Party Rudolf begegnete. »Lest Wilhelm Reich«, riet sie ihrem ahnungslosen Besuch und entwickelte ihm die Grundzüge seiner Lehren, die Rudolf fortentwickelt hatte, und sie berichtete auch von ihrem Kontakt zu ihm über seinen Tod hinaus.

»Kommt mit, ich zeige euch etwas«, sagte sie und führte Tatjana und Nikolai in das große Zimmer, wo die kistenförmige Apparatur stand. Die beiden bemühten sich, zu verbergen, dass sie Rose für verrückt hielten, als sie ihnen beschrieb, wie sie mit Rudolf in Kontakt trete.

»Mir ist vollkommen klar, dass ihr mich für plemplem halten müsst. Was ihr von mir hört, widerspricht dem gesamten kleinkarierten Denken, das man euch beigebracht hat. Es wird lange dauern, bis ihr euch davon befreit, falls es euch überhaupt je gelingen sollte. Zuerst aber müsst ihr begreifen, es gibt eine Welt da draußen, die unendlich viel größer und schöner ist, als sie uns einreden wollen.«

Sie sah in die skeptischen Gesichter der beiden.

»Die meisten Menschen haben allerdings Angst davor, sie kennenzulernen«, fuhr sie fort. »Ihr müsst mit euch selbst beginnen, mit euren Körpern.«

Rose sah Nikolai mit professioneller Strenge an und sagte: »Du zum Beispiel hast ein ganz unausgeglichenes Verhältnis zu deinem Orgasmus. Du musst da dringend etwas ändern. Das wird sich auch auf deine künstlerischen Bemühungen auswirken, glaub mir.«

Er versuchte, tapfer zu lächeln und sah Hilfe suchend zu Tatjana hin.

»Tja, sie kann dir das nicht beantworten!«, beharrte Rose.

Nikolai hatte dann doch keine Lust, gar nichts dazu zu sagen. Zugegeben, es war nicht gerade ein schlagfertiges Aperçu, sie zu fragen, was sie damit genau meine, aber immerhin brachte er etwas heraus; und ihre Antwort war für ihn interessanter, als sie ahnen konnte.

»Rudolf musste lange kämpfen, bis es ihm gelang, seine Säfte zum Fließen zu bringen. Lange Zeit war er blockiert. Nicht vollständig und nicht immer, aber weitgehend. Bitte verzeih, ich habe nie eine Zeile von dir gelesen, ich spreche nur darüber, wie du mir vorkommst.«

»Weitgehend blockiert?«

»Irgendwann gelang es Rudolf, sich zu heilen, durch das Studium der Reich'schen Lehre und durch Selbsttherapie. Er sagte immer: ›Jeder Mensch kann das.‹ Das glaube ich auch, und bei euch sehe ich immerhin eine gewisse Offenheit. Glaubt mir, mir liegt nichts daran, Kaffeekränzchen mit euch abzuhalten. Ihr lebt euer Leben, ich lebe meines. Aber ich könnte mir vorstellen, das, was ich wohl meinen irdischen Besitz nennen sollte, könnte euch weiterbringen. Das wäre doch immerhin einen Versuch wert.«

Nikolai war das alles mehr als unangenehm, Tatjana hingegen nahm es nicht so ernst. Aber auch diese Situation ging vorüber, sie konnten sich später gar nicht mehr genau daran erinnern, wie. Mit welchem Gefühl sie von Rose weggegangen waren, wussten sie noch. Dem nämlich, etwas hinter sich gebracht zu haben. Und sie nahmen an, Rose gehe es genauso. Sie kam ihnen nicht einsam vor, aber auch alles andere als zugänglich. Zum Abschied gab es wieder Umarmungen und die vage Verabredung weiterer Treffen.

Aus der Ferne mit Rose in Verbindung zu treten, erwies sich als schwierig. Computer und moderne Kommunikationsmittel lehnte sie vollends ab. Auf Postkarten reagierte sie nicht. Sie besaß ein speziell isoliertes und von einem Geistheiler entzerrtes altes Festnetztelefon ohne Anrufbeantworter. Mobiltelefone kamen ihr nicht ins Haus. Die Strahlungen und die Gedankenkontrolle der Netzbetreiber bedrohten das Funktionieren des Orgonakkumulators. Ebenso elektronische Stimmaufnahmen.

Als Tatjana schwanger war, rief sie so oft an und ließ es so lange klingeln, bis Rose endlich den Hörer abnahm. Sie erzählte ihr, sie bekomme ein Kind und fragte, ob sie sie besuchen könnten. Tatjana erwartete natürlich, Rose würde sich freuen und sie vielleicht einladen, aber das geschah nicht, ganz im Gegenteil. Am Telefon hatte sie einen unartikulierten Gefühlsausbruch. Es klang nach Wut und Freude zugleich; da sie sich gar nicht mehr fangen konnte, legte sie einfach auf. Hinterher schrieb sie einen wirren Brief zur Entschuldigung, in dem von ihrer Angst vor Keimen die Rede war, außerdem von ihrer »wissenschaftlichen« Befürchtung, ein neues, so junges und so vitales Wesen könne, obwohl noch nicht geboren, mit seiner starken Ursprungsenergie den Kontakt zu Rudolf durch irreversible Interferenzen für immer zum Erliegen bringen. Sie bat mit dem größten Bedauern um Verzeihung. »Ich muss diesen Weg zu Ende gehen, und das muss ich allein tun. Ich schätze Euch, schätze Euch sehr. Aber der einzige Kontakt, der für mich in diesem Leben noch von Belang ist, ist der zu Rudolf. Da er nicht einfach herzustellen und zu erhalten ist, muss ich dem alles unterordnen. Ich wünsche Euch für Eure Zukunft viel Glück!«

Die Vorstellung, Rose sei mit Rudolf durch den Orgonakkumulator in Kontakt, war Tatjana und Nikolai zu diesem Zeitpunkt bereits so geläufig wie Rose selbst, und sie verstanden auch, dass es der einzige Kontakt war, der sie wirklich interessierte.

Die Frage, welche Rolle sie in der ganzen Angelegenheit spielten, war ihnen weit weniger begreiflich. Warum wollte Rose Tatjana das Haus vererben? Jemand wie Rose gab nicht viel auf Verwandtschaftsgrade, oder vielleicht doch? Sah sie etwas von sich selbst in Tatjana? Hoffentlich nicht! Und warum auch, sie kannten sich doch kaum!

Tatjana rätselte, ob das Vergnügen, Holger eins auszuwischen, vielleicht doch eher ein Haupt- als ein Nebeneffekt sein könnte.

Oder wollte Rose Rudolfs Werk in den Händen

eines Schriftstellers wissen? In der Hoffnung, Nikolai und Tatjana würden einen freieren Geist in die Zukunft tragen? War damit gar ein schriftstellerischer Auftrag an ihn verbunden? Das erschien ihnen nun wirklich vollkommen verrückt. Also durchaus möglich.

Doch so drängend und groß sie anfangs schienen, irgendwann verblassten auch diese Fragen. Das Ganze war einfach zu surreal, als dass es einen ernsthaften Einfluss auf ihr Leben haben durfte. Rose konnte ihr Testament jederzeit ändern, sofern sie es denn überhaupt so verfasst hatte, wie sie sagte. Ihr Geisteszustand war vielleicht nicht im klinischen Sinn gestört, aber dass sie einen Hang zu wunderlichen Ideen und Überzeugungen hatte, konnte niemand leugnen. Sie konnte noch auf viele Ideen kommen, wer ihr Erbe verdient hätte.

Sie entschieden sich, nicht zu oft an die Sache zu denken, und kamen sich lebensklug vor, weil sie nicht auf die Idee verfielen, auf eine ungewisse Erbschaft zu schielen, und das gelang ihnen ausgezeichnet. Trotzdem versuchte Tatjana ab und zu, Rose telefonisch zu erreichen, und manchmal gelang es. Besuche oder Treffen blieben leider unmöglich. Die Gefahr, dass dadurch der Kontakt zu Rudolf beeinträchtigt werden konnte, war einfach zu groß.

4.

Einige Tage nach ihrem Anruf kam Post von Frau Dr. Johanna von Drach. Nikolai arbeitete zu Hause. Gewöhnlich verließ er mittags die Wohnung für eine Runde durch das Viertel und nahm auf dem Rückweg die Post mit hoch. An diesem Tag aber klopfte es schon gegen halb zwölf an der Wohnungstür. Eine Angewohnheit des Briefträgers, die er hasste, schon weil er jedes Mal fürchterlich erschrak, was er ihm aber nicht zu sagen traute, denn es war ja nett gemeint, als besonderer Service. Es war aber auch als Fürsorge getarnte Neugier dabei, dessen war er sich ganz sicher.

»Bitte, das sah mir so aus, als sollten Sie es gleich bekommen«, sagte der Mann beinahe so, als kenne er den Inhalt des Briefes. Den Moment, in dem Nikolai ihn entgegennahm, nützte er für einen kurzen Blick in die Wohnung.

»Danke«, sagte Nikolai, »danke, sehr aufmerksam.«

»Keine Ursache, bis zum nächsten Mal«, sagte der Briefträger und machte sich wieder auf den Weg. Nikolai fragte sich, was an ihm und seiner Familie sein besonderes Interesse erweckt haben mochte, vergaß die Frage aber, als er den Brief in seiner Hand näher betrachtete. Er war aus feinem Papier und fühlte sich weich an, gefüttert. Adresse und Absender waren in einer festlich geschwungenen Handschrift mit schwarzblauer Tinte verfasst. Frau Dr. Johanna von Drach hatte ihn geschickt, und er richtete sich an »Familie Tatjana und Nikolai Sandmann«, weshalb er sich berechtigt fühlte, ihn zu öffnen.

In dem Kuvert befand sich eine geschmackvoll gestaltete Klappkarte mit zwei Fotos von Rose. Das eine, auf der linken Innenseite der Karte, musste kurz vor ihrem Tod entstanden sein. Ihr gänzlich entspanntes Gesicht war umrahmt von ihren langen, schlohweißen, mittelgescheitelten Haaren und einem farbenprächtigen Seidentuch, das sie um den Hals trug. Sie sah direkt in die Kamera. Ihr Blick war etwas entrückt, aber klar und von geradezu meditativer Gelassenheit. Das andere zeigte sie als junge Frau, noch keine dreißig, in einer Gruppe von Hippies im Gras sitzend. Die gleiche Frisur wie ein halbes Jahrhundert später, das Haar aber noch dicht, seidig und blond. Auch hier ging ihr Blick direkt zu dem, der sie fotografierte, selbstbewusst, herausfordernd.

Nikolai nahm an, das erste Bild habe Frau Dr. von Drach gemacht, vielleicht nur wenige Stunden vor Roses Tod. Das andere konnte irgendwann in den Sechzigerjahren entstanden sein, vielleicht bei einem Open-Air-Konzert. Darunter stand eine Einladung zur Beisetzung auf einem Friedwald, nicht allzu weit entfernt vom Philosophenviertel.

Nikolai pinnte die Karte an die Magnettafel in der Küche. Er mochte diese Tafel, die Tatjana aufgehängt hatte, sehr gerne. Auf ihr fand eine immerwährende kleine Ausstellung von Fundstücken statt, die das gemeinsame Leben der kleinen Familie Sandmann illustrierte: Eintrittskarten, Zeitungsausschnitte über Kunstausstellungen und Lesungen, an denen sie beteiligt oder einfach nur als Zuschauer dabei gewesen waren. Konzertkarten, Einladungen, Postkarten von Freunden von überallher, aber eben auch, sehr selten, Todesanzeigen. Er befestigte die Karte aufgeklappt, sodass der Blick gleich auf die beiden Fotos fiel. Sie fesselten ihn, und er betrachtete sie lange. Es lag so viel Leben zwischen ihnen, und doch erzählten sie nicht vor allem von einem Verlust. Jemand, der kurz vor seinem Tod eine solche Gelassenheit ausstrahlte, musste ein gutes, ein erfülltes Leben gehabt haben.

Was noch auf der Karte stand und er gar nicht bemerkt hatte, fiel Tatjana auf, als sie nach Hause kam: Die Beisetzung fand nicht nur am gleichen Tag statt wie die Besprechung mit Frau Elmer, sondern auch zur gleichen Uhrzeit. Tatjana war genervt. Die Anwältin hätte es einen Anruf gekostet, den Termin mit ihr abzustimmen, aber offenkundig hatte sie das nicht für nötig gehalten. Natürlich konnte man auch den Termin mit Frau Elmer verschieben, aber es ging um Maries gefährdeten Übertritt aufs Gymnasium. Frau Elmer war der Meinung, Marie fehle es grundsätzlich an der Einsicht, sich an Regeln halten zu müssen. Das hatte sie Tatjana und Nikolai beim letzten Elternabend erläutert. In unangemessen strengem Ton, wie Nikolai fand, und das auch sagte, woraufhin er mit ihr derart aneinandergeriet, dass sie ihn aufforderte, sofort das Schulgebäude zu verlassen. Eine Anweisung, der er selbstverständlich nicht Folge leistete. Tatjana gelang es, durch Beschwichtigung nach allen Seiten den totalen Eklat zu verhindern und wieder zu einem halbwegs vernünftigen Gespräch zurückzufinden. Aber das Klima war vergiftet.

»Ich kann mir jetzt gut vorstellen, woher Marie das hat. Ihr Vater hat offenbar auch ein Problem damit, ein Nein als Nein zu akzeptieren.«

Nikolai hielt dagegen:

»Marie ist unterfordert. Anstatt ihr mangelnde Disziplin vorzuwerfen, sollten Sie ihre Talente fördern. Stattdessen hören Sie nicht auf, sie zu schikanieren. Ihre Gehorsamsvorstellungen sind doch fürchterlich!«

Frau Elmer ließ sich nicht beirren:

»Wissen Sie, ich habe hier ständig mit Eltern zu tun, die mir erklären, wie begabt ihre Kinder sind, obwohl sie schlechte Noten haben. Sie sind überzeugt, gerade an ihren schlechten Noten könne man erkennen, dass sie ganz besonders begabt sind. Ihr Kind kann das Einmaleins nicht? Es ist bestimmt ein verkanntes Mathegenie! Es kann kein halbwegs lesbares Diktat schreiben? Das kann nur bedeuten, es ist hochbegabt! Oh, Eltern wie Sie kenne ich! Schon wie Sie hier auftauchen, zu zweit, um etwas klarzumachen. Ihre Tochter wird es weit bringen, mit Ihrer Hilfe. Nicht alle Kinder haben solche Eltern. Glückwunsch,

Marie! Aber von mir bekommt sie die Noten, die sie verdient, und nicht die, die Sie gerne hätten.«

Darauf folgte ein ziemlich abrupter und frostiger Abschied. Nikolai bot all seine Selbstbeherrschung auf, um dieser schrecklichen Person nicht zu sagen, was er wirklich über sie dachte. Musste er auch nicht, denn sie wusste es sowieso, und das machte die Sache nicht besser. Für sie nicht, für ihn nicht, und vor allem nicht für Marie.

Auf dem Heimweg, im Auto, Tatjana am Steuer, Nikolai auf dem Beifahrersitz, versicherten sie sich, Marie könne selbstverständlich auch ohne Abitur ein glücklicher Mensch werden. Sie verdammten diese ganze Bildungsbesessenheit, die in Wahrheit ja nur eine Statusbesessenheit sei, von der logischerweise auch die Kinder nicht ausgenommen wären, wieso auch, sie seien ja nach allgemeiner Überzeugung das wichtigste Statussymbol überhaupt, und also dürften sie unter keinen Umständen versagen, weil das unweigerlich auf ihre dämlichen Eltern zurückfalle. Aber nachdem sie ihrer Wut eine Zeit lang freien Lauf gelassen und sich darüber halbwegs beruhigt hatten, kehrten sie doch zu der Ansicht zurück, es wäre sehr viel besser, Marie hätte das Abitur, als nicht. Nicht aus Statusgründen. Einfach, weil Marie begabt genug dafür sei. Das sagten doch alle, die sie kannten. Mit Ausnahme von Frau Elmer. Es lag wirklich einzig und allein an ihr, und das konnte, das durfte nicht der Grund sein, warum Maries Leben an dieser Stelle begann, sich in eine falsche Richtung zu entwickeln.

Tatjana und Nikolai besprachen, wie sie mit Frau Elmer weiter verfahren wollten. Sie mussten sie zur Rede stellen, sie in die Pflicht nehmen. Wie sollte Marie den Übertritt aufs Gymnasium schaffen, wenn Frau Elmer gerade dabei war, ihr den Notenschnitt systematisch zu vermasseln. Je klarer ihr wurde, wie wichtig er Maries Eltern war, desto vehementer arbeitete sie daran.

»Gut. Jetzt ist erst mal Eiszeit«, sagte Tatjana. »Doch wenn sie noch so selbstbewusst oder stur wirkt – auch Frau Elmer wird mit der aktuellen Situation nicht glücklich sein. In drei, vier Tagen werde ich es mit einer ersten Wiederannäherung versuchen. Ein Telefongespräch unter Frauen.«

Jedoch, mit Frau Elmer wieder in ein Gespräch zu finden, gestaltete sich um einiges schwieriger als Tatjana geglaubt hatte. Es gab schon ein großes Hin und Her, bis es überhaupt möglich war, einander telefonisch zu erreichen, und es war nicht weniger kompliziert, Frau Elmer davon zu überzeugen, ein weiterer Besprechungstermin, selbstverständlich ohne Nikolai, könnte helfen, eine bessere Ausgangslage für Marie zu schaffen.

Frau Elmer gab sich einen Stoß und war schließlich einverstanden, und sie vereinbarten, ohne es zu ahnen, auf die Stunde genau den Termin, zu dem die Beisetzung Tante Roses stattfinden sollte.

Diesen Termin nun abzusagen, zumal wegen eines »überraschenden Todesfalls in der Familie«, war wirklich das Allerletzte, was Tatjana brauchen konnte.

Was half es da, wenn die Wahrheit klang wie die faulste aller Ausreden. Einmal zu oft würde es aussehen, als wären sie nicht einmal in der Lage, einen derart wichtigen Termin einzuhalten. Und, was viel schwerer wog: Wäre es nicht genau so? War das vielleicht eine mögliche Erklärung dafür, warum Marie sich mit ihren Pflichten so schwertat? Wo hätte sie es denn besser lernen können? Bei diesen Eltern jedenfalls nicht. Tatjana blieb nichts anderes übrig, als ein Telefongespräch zu führen:

»Grüße Sie, Frau Elmer, gut, dass ich Sie erreiche.«

»Ich habe in fünf Minuten Unterricht. Worum geht's?«

»Um unseren Termin.«

Frau Elmer lachte laut.

»Ich weiß, was Sie jetzt denken.«

»Ich glaube nicht, dass Sie das wissen.«

»O doch, Sie glauben, diese Frau kann noch nicht einmal einen Termin halten, den sie selber ausgemacht hat.«

»Warum sollte ich das nur glauben? Das ist doch eine Tatsache, oder nicht?«

»Ja, es ist eine Tatsache. So, wie es eine Tatsache ist, dass meine einzige Tante gestorben ist, und die Beerdigung genau auf unseren Termin gelegt wurde.«

»Ich könnte mich beleidigt fühlen von so wenig Fantasie.«

»Soll ich Ihnen die Trauerkarte schicken?«

»Nicht doch. Sie wollen ihn also absagen, unseren Termin.«

»Nein, ich möchte ihn nur verschieben. Geringfügig verschieben.«

Das gelang schließlich. Tatjana durfte eine Stunde früher kommen als ursprünglich vereinbart, auch wenn es für Frau Elmer sehr, sehr schwierig war, das zu arrangieren.

5.

Marie und Nikolai waren mit öffentlichen Verkehrsmitteln zur Trauerfeier auf dem Friedwald gefahren, damit Tatjana das Auto nehmen konnte. Nach der Sprechstunde bei Frau Elmer setzte sie sich in den alten schwarzen Golf Variant, den sie im Parkverbot vor der Schule abgestellt hatte, und beeilte sich, noch rechtzeitig zu kommen.

Der Friedwald war der hintere Teil des Waldfriedhofs, dem größten, über hundert Jahre alten Friedhof der Stadt mit zehntausenden Gräbern. Alles gab es dort, klassizistische Familienkapellen, imperiale Grabmäler mit granitenen Adlern und Lorbeerkränzen, tausende Soldatengräber, eine Gedenkstätte für die Toten nationalsozialistischer Euthanasieverbrechen, deren Gebeine man, soweit sie auffindbar gewesen waren, dort zusammengetragen und beigesetzt hatte, meistenteils aber gewöhnliche Gräber von gewöhnlichen Leuten, die sich kaum voneinander unterschieden und reihenweise in nur mit Buchstaben und Zahlen markierten Karrees nebeneinanderlagen, weshalb es sehr schwierig war, sich zu orientieren, zumal sie von dichtem dunkelgrünem Fichtenwald umgeben waren.

Tatjana verlief sich einige Male, bevor sie am Ende des Friedhofs ankam, dort, wo durch einen Maschendrahtzaun, nicht martialisch, aber doch deutlich getrennt, der christliche Teil aufhörte und der Friedwald begann. Das Terrain unterschied sich deutlich vom Friedhofsteil. Auch hier gab es zwar Kieswege, aber keine Grabstätten. Anstelle der dichten dunkelgrünen Bewaldung standen, licht gesetzt, junge Birken. Schon von Weitem erkannte Tatjana die Trauergemeinde. Überwiegend dann doch in konventionelles Schwarz gekleidet. Es waren nicht viele Leute.

Sie machte Nikolai und Marie aus, eine Frau, die nur Frau Dr. von Drach sein konnte, ihren Vater, der ausdrücklich offengelassen hatte, ob er teilnehmen würde, und ein paar andere Leute, Männer und Frauen, die sie nicht kannte.

Sie nannte ihren Vater bei seinem Vornamen, Holger. Er sah sie als Erster und ließ sie nicht aus den Augen, bis sie herangekommen war. Auf seinem Gesicht meinte sie einen spöttischen Zug zu erkennen. Vielleicht bildete sie sich das auch nur ein. So oder so aber brachte sie sein bloßer Anblick gegen ihn auf, und sie fand sich selbst ungerecht deshalb. Sie begrüßte ihn und die Frau, die sich tatsächlich als Dr. von Drach vorstellte, und begab sich dann zu Nikolai und Marie.

»Und?«, raunte ihr Nikolai zu, als sie neben ihm angekommen war. Das bezog sich auf die Sprechstunde mit Frau Elmer.

»Sie bleibt bei ihrer Linie. Marie bekommt nicht die Noten fürs Gymnasium.«

»Diese …«, setzte Nikolai an.

»Lass. Ich hab eine andere Idee«, unterbrach ihn Tatjana.

»Was denn für eine?«

»Nicht jetzt.«

Die übersichtliche Trauergemeinde stand im Halbrund um ein kleines Loch in der Erde, groß genug für die Urne, die ein Friedhofsangestellter in grauer Uniform, um Pietät bemüht, mit beiden Händen vor sich hielt. Der Anblick war grotesk. In diesem übrigens ziemlich geschmackvoll aussehenden Holzgefäß war nun also Tante Rose untergebracht? Hatte sie das selbst ausgesucht? Wahrscheinlich. Tatjana war sich sicher, dass es sich um Kirschholz handelte, und die Urne hatte eine schöne, schlichte Form, die definitiv an skandinavisches Design erinnerte.

Eine gewisse Verlegenheit herrschte unter den Anwesenden, weil niemand so recht wusste, ob nicht vielleicht etwas von ihm erwartet wurde, deshalb sorgte es für Erleichterung, als Frau Dr. von Drach die Initiative ergriff.

»Da wir jetzt, glaube ich, alle versammelt sind, sollten wir besser anfangen«, sagte sie. »Ich will ein paar Worte über Rose sagen, Rose Weiß. Sie hat mich darum gebeten. Alle, die sie kannten, wissen, dass sie sich nicht sonderlich dafür interessierte, was andere dachten, wenn sie sich einmal etwas in den Kopf gesetzt hatte.«

Einige der Gäste zeigten zurückhaltend Heiterkeit, Holger ein maliziöses Lächeln.

»Rose war eine selbstständige, eine selbstbestimmte Frau. Sie hatte es sich zur Gewohnheit gemacht, ihr Leben nach ihren eigenen Vorstellungen zu führen, zu einer Zeit, als man Frauen dieses Recht nicht ohne Weiteres zugestehen wollte. Sie kam aus kleinbürgerlichen Verhältnissen, ich glaube, das kann man so sagen, ohne hier irgendjemandem zu nahe zu treten.«

Tatjana sah zu Holger hinüber, der absolut der Meinung zu sein schien, die Rednerin trete ihm zu nahe. Er senkte den Kopf, ließ sie nicht aus den Augen, presste die Lippen zusammen und bedachte sie mit zornigen Blicken. Frau Dr. von Drach bemerkte es, nur um es sogleich zu ignorieren.

»Schon allein, dass sie das Abitur machte, war etwas Besonderes. Dass sie dann aber, gegen den Willen ihrer Mutter, einfach ihre wenigen Sachen packte und in die USA ging, das war schon außergewöhnlich. Sie kam nach Kalifornien, nach San Francisco, genau zu der Zeit, als dort völlig neue Lebensvorstellungen entstanden. Ach, was sage ich Lebensvorstellungen: Es war eine Revolution, die von dort ausging, die uns alle, weltweit, in unseren jungen Jahren in völlig neue Sphären führte. Und Rose nahm die Herausforderungen an. Sie begann ein Psychologiestudium. Sie lebte in einer Hippiekommune. Sie lernte in Berkeley ihren künftigen Mann kennen. Rudolf Weiß, einen Deutschen, einen Wilhelm-Reich-Schüler. Er war die Liebe ihres Lebens, und er hatte eine Aufenthalts- und eine

Arbeitserlaubnis. Die beiden heirateten. Mag sein, dass sie das nur wegen der Papiere taten. Es ist sogar wahrscheinlich, weil ihnen derartiger bürgerlicher Kram nicht viel bedeutete. Aber wie dem auch sei, mit oder ohne Heirat, die beiden waren das großartigste Liebespaar, das ich in meinem ganzen langen Leben gesehen habe. Was für ein Paar! Allein schon, wie sie äußerlich zueinanderpassten! Beide so groß gewachsen und schlank und blond! Und beide wirklich wunderschön! Dabei war Rudolf ein ganzes Stück älter als Rose. Viel älter sogar, sechzehn Jahre. Aber er war jung geblieben. Ein freier Geist, der sich hingebungsvoll seiner Aufgabe verschrieb, die Wirkungsweisen der von Wilhelm Reich entdeckten Orgonenergie weiter zu erforschen.«

An dieser Stelle räusperte sich Holger. Er hatte Rudolf nicht ausstehen können. Ein Schwätzer, der mit seinem Hokuspokus gelangweilten reichen Frauen aus der Vorstadt unanständig viel Geld aus den Taschen zog, und wer weiß was noch alles mit ihnen veranstaltete. Tatjana warf ihrem Vater einen strengen Blick zu. Frau Dr. von Drach hatte kurz pausiert, zeigte sich aber von Holgers Verhalten weiterhin vollkommen unbeeindruckt.

»Nach dem Tod seines Vaters musste Rudolf zurück nach Deutschland und sich um sein Erbe kümmern. Ein beträchtliches Erbe, und Rose half ihm dabei. Ihre Villa im Philosophenviertel wurde schnell zu einem geistigen Zentrum. Wenn ich das so sage, klingt es so ernst und so streng. In Wahrheit waren die Feste im

Haus der Weißens legendär. Partys, wie sie heute nicht mehr gefeiert werden. Jedenfalls nicht, dass ich wüsste. Partys, die eigentlich angelegt sind wie Trips, lange Reisen, Experimente, mit dem Ziel, geistiges Neuland zu erkunden. Als Rudolf starb, war es eine Katastrophe. Es war einfach falsch, denn sie waren noch längst nicht am Ende all dessen angekommen, was sie in diesem Leben entdecken wollten. Wenn es auch vielen so vorkam, als habe sich Rose nach seinem Tod zurückgezogen, das war nur oberflächlich betrachtet so. Sie ging ihren gemeinsamen Weg mit Rudolf weiter. Durch den von ihm nach Reich gebauten und durch ihn selbst verbesserten Orgonakkumulator gelang es ihr, mit ihm in Verbindung zu treten.«

Frau Dr. von Drach legte eine kurze Pause ein und sah Holger an. Erst als sie sicher war, dass er sich jede Reaktion verkniff, fuhr sie fort.

»Zuerst fand ich das so verrückt wie wahrscheinlich alle anderen auch, die je davon gehört haben. Sie wäre ja nicht die erste Verzweifelte gewesen, die sich eine neue, eigene Realität erfindet, anstatt hinzunehmen, dass die Liebe ihres Lebens für immer gegangen ist. Eine gewisse Zeit lang sah ich es jedenfalls so. Ich musste aber zugeben, dass Rose mir überhaupt nicht verzweifelt erschien. Im Gegenteil, auf mich wirkte sie wie eine Frau, die ihren Frieden gefunden hat. Von ihren Begegnungen mit Rudolf berichtete sie so unaufgeregt und selbstverständlich und unspektakulär, dass es kaum möglich war, an ihrer Wirklichkeit zu zweifeln. Schon lange sprach sie davon, die Verbindung würde schwächer und werde eines Tages ganz verloren gehen. Jeder von uns gehe nach seinem Tod langsam im Kosmos auf und sei irgendwann für die Lebenden nicht mehr erreichbar.

Ich habe Rose in ihren letzten Tagen begleitet. Sie war ganz bei sich, sehr konzentriert, sehr ruhig, und sie war unbeschwert. Sie zweifelte nicht daran, auf dem richtigen Weg zu sein, und starb einen friedlichen Tod.«

Frau Dr. von Drachs Trauerrede war damit beendet. Sie wartete noch einige Augenblicke, bevor sie den Friedhofsangestellten mit einem Handzeichen bat, die Urne in das ausgehobene Loch im Boden zu senken. Er ließ sie mit einem eigens dafür mitgebrachten kleinen Flaschenzug hinab. Danach durfte, wer wollte, mit einem von ihm bereitgestellten Schäufelchen etwas Erde hinabwerfen. Die meisten Trauergäste taten es.

6.

Wenige Tage später hatten Tatjana und Nikolai einen Termin in der Kanzlei von Frau Dr. von Drach. Rose hatte sie als Testamentsvollstreckerin bestimmt, und ihre Aufgabe war es deshalb, Tatjana den genauen Inhalt der letztwilligen Verfügung zu erläutern und dafür zu sorgen, dass alles genau so geschah, wie Rose es gewollt hatte.

Die Anwältin saß zurückgelehnt, mit gefalteten Händen hinter ihrem Schreibtisch, blickte abwechselnd in die schmale Akte vor sich und zu Tatjana hin.

»Sehen Sie, Frau Sandmann, Ihre Tante mochte nach Meinung mancher eine exzentrische Person gewesen sein. In ihren Geld- und Vermögensangelegenheiten hat sie sich allerdings immer als äußerst gewandt und geschickt erwiesen. Rose sagte mir, Sie wüssten, dass Sie ihre Villa erben würden.«

»Ja, das hatte sie mir einmal gesagt«, antwortete Tatjana.

»Sie scheinen dennoch überrascht.«

»Ich wusste ja nicht, ob es dabei bleiben würde. Unser Verhältnis war nicht sehr innig, was eher von ihr ausging. Es hätte mich jedenfalls nicht gewundert, wenn sie es sich anders überlegt hätte. Sie war mir ja keine Rechenschaft schuldig.«

»So viel vornehme Zurückhaltung soll belohnt werden«, sagte Frau Dr. von Drach.

Nikolai bestaunte die unverhüllte, fiebernde Geschäftstüchtigkeit, die er aus diesem Satz herauszuhören meinte. Die Anwältin bemerkte es und nickte ihm huldvoll zu, bevor sie, wieder zu Tatjana gewandt, fortfuhr:

»Um es ganz konkret zu sagen: Das Haus ist nach Einschätzung eines vom Nachlassgericht beauftragten Sachverständigen 2,5 Millionen Euro wert. Das Geldvermögen, das Ihre Tante Rose hinterlassen hat, entspricht etwa noch einmal diesem Betrag. Wäre die Geldsumme geringer gewesen, hätte es keine Möglichkeit für Sie gegeben, das Haus zu halten, es sei denn, Sie würden bereits über ein ähnlich großes Vermögen verfügen.«

Frau Dr. von Drach sah Tatjana neugierig an und warf der Vollständigkeit halber auch Nikolai einen schnellen Seitenblick zu. Von Nikolai kam gar keine Reaktion, Tatjana verneinte mit dem Nachdruck, mit dem man einen vollkommen aus der Luft gegriffenen Verdacht verneint.

»Meinen Überlegungen liegt diese Annahme auch zugrunde«, fuhr Frau Dr. von Drach fort.

»Für Nichten und Neffen beträgt der Erbschaftssteuerfreibetrag zwanzigtausend Euro und der Erbschaftssteuersatz dreißig Prozent. Hätten Sie nur das

Haus geerbt, hätte die Erbschaftssteuer für Sie ein bisschen weniger als siebenhundertfünfzigtausend Euro betragen. Um sie bezahlen zu können, hätten Sie das Haus verkaufen müssen.«

Mit zunehmender Begeisterung erörterte sie die Konsequenzen:

»Lassen Sie mich noch ein bisschen näher ins Detail gehen: Selbst ein zusätzlich zum Haus ererbtes Barvermögen von einer Million Euro hätte Ihr Problem nicht gelöst, denn dann wäre die anfallende Erbschaftssteuer noch immer um vierundvierzigtausend Euro höher gewesen als das Ihnen zur Verfügung stehende Geld auf dem Konto, und selbst diese vierundvierzigtausend Euro hätten Ihre aktuellen Kapazitäten vermutlich überstiegen. Auch in diesem Fall hätten Sie also das Haus verkaufen müssen.«

Auch wenn Nikolai ihre Mutmaßungen über ihre finanziellen Verhältnisse nicht mochte, musste er einräumen, dass sie zutrafen.

Die Summen, die sie nannte, kamen ihm geradezu monströs vor. Es waren Zeitungssummen, Nachrichtensummen, Summen aus Geschichten über Leute, die wegen ihres Geldes buchstäblich in anderen Sphären lebten als sie. Sie sich vorzustellen war dennoch keineswegs unmöglich; vorzustellen, sie hätten sie nun zur freien Verfügung schon. Doch noch während Frau Dr. von Drach weitere, vergleichsweise nachrangige Details erklärte, begann Nikolais Fantasie zu wandern. Konkret hatte er noch gar nichts vor Augen, aber so eine Ahnung davon, sie könnten plötzlich reich sein. Dann kam Frau Dr. von Drach zu ihrem Resümee:

»Rose hat Ihnen also nicht nur das Haus hinterlassen, sondern einen, die Wertung sei mir an dieser Stelle erlaubt, ziemlich enormen Geldbetrag. Er wird ausreichen, die Steuern zu bezahlen, das Haus herzurichten, wie immer Sie wollen, und ein äußerst angenehmes Leben zu führen.«

Nikolai sprach diese Worte im Geiste nach, *ein äußerst angenehmes Leben.*

»Nur eine Besonderheit muss ich noch mit Ihnen besprechen«, hob Frau Dr. von Drach noch einmal an. Anstatt die Besonderheit einfach zu nennen, legte sie eine Kunstpause ein, bis ihr Tatjana den Gefallen tat, nachzufragen.

»Und die wäre?«

»Der Orgonakkumulator. Er sollte am besten genau dort stehen bleiben, wo er ist. Natürlich können Sie machen, was Sie wollen, aber ich bitte Sie im Namen der Verstorbenen: Halten Sie ihn in Ehren.«

Nikolai hatte nicht die leiseste Ahnung, wie man einen Orgonakkumulator in Ehren hielt, aber selbstverständlich stimmte er ebenso eifrig zu wie Tatjana, denn rätselhafterweise schien, so wie sie ihn ansah, Frau Dr. von Drach in diesem Punkt ganz besonders auf ihn zu zählen.

Während Frau Dr. von Drach weitere steuerliche und rechtliche Formalitäten erläuterte, dämmerte Nikolai, dass die Vorgänge, die hier besprochen wurden, nicht sie beide, sie als Familie reich machten. Sie machten Tatjana zu einer reichen Frau. Nicht dass ihn das auf irgendeine Weise misstrauisch oder argwöhnisch gemacht hätte. Es war nur eine Tatsache, die ihm nun, da sie so ausführlich verhandelt wurde, deutlich vor Augen stand. Er sah Tatjana von der Seite an. Wie er, schien auch sie eher unkonzentriert. Die Ungeheuerlichkeit dieser lebensverändernden Tatsachen nahm auch sie ganz in Beschlag. Was das bedeuten würde, wussten sie beide nicht, nur dass nichts so bleiben würde, wie es war.

Frau Dr. von Drach kam zum Schluss:

»Rose hat mich gebeten, Ihnen das Haus mit allem, was darin ist, zu übergeben. Wir sollten schon einmal einen Termin vereinbaren.«

Das taten sie, bevor sie sich ein bisschen unbeholfen von Frau Dr. von Drach verabschiedeten, so wie nach einer glücklich überstandenen Zahnbehandlung, noch ein bisschen belämmert von der Narkose.

Erst im Auto kamen sie wieder zu sich. Aber sie schwiegen.

»Ist irgendwas?«, fragte Tatjana nach einer Weile.

»Ja, klar. Eine ganze Menge. Ich weiß überhaupt nicht, wo mir der Kopf steht.«

»Geht mir genauso.«

Erst als sie in der kleinen Küche ihrer kleinen Wohnung saßen, gelang es ihnen, die Dinge nach und nach zu sortieren.

»Die erste Frage«, sagte Tatjana, »die Frage, die bisher überhaupt noch nicht gestellt worden ist, obwohl mich die Anwältin darauf eigentlich hätte hinweisen müssen, ist doch die, ob ich diese Erbschaft überhaupt annehmen werde. Ob ich das überhaupt will. Ich meine, ich könnte einfach Nein sagen, und alles bliebe so wie es ist, und Schluss.«

Nikolai war Tatjana dankbar für diese Frage, und auch dafür, dass sie so unmissverständlich nur von sich sprach. Auch wenn die Erbschaft die größten Auswirkungen auf Marie und ihn haben würde, war es am Ende allein ihre Entscheidung. Sie war nun reich, ihr gehörte das Haus, ihr gehörte das Geld, wenn sie sich denn entschloss, es anzunehmen.

Bisher hatten sie beide mehr oder weniger nichts gehabt, außer ihren Jobs, mit denen sie ungefähr gleich viel oder wenig verdienten.

Nikolai hatte nicht den geringsten Zweifel daran, dass Tatjana ihre Erbschaft mit ihrer Familie teilen würde, darüber musste noch nicht einmal gesprochen werden. Aber Tatjana kam bei der Entscheidung, wie es nun weitergehen würde, ob sie wollte oder nicht, eine andere Rolle zu.

Sicher, ein Millionenerbe inklusive Traumhaus anzunehmen, gehört nun nicht unbedingt zu den härtesten Bewährungsproben, die das Leben so bereithalten kann, das war ihnen auch klar. Aber sie spürten sofort, dass diese Erbschaft ihre moralische Glaubwürdigkeit auf zugleich drastische und subtile Weise angriff.

Sie konnten ehrlich von sich behaupten, nie sonderlich auf materiellen Reichtum aus gewesen zu sein. Zugeben mussten sie allerdings auch, dass sie beide aus Elternhäusern kamen, die ihnen so eine Einstellung erlaubten. Sie hatten es geschafft, sich in den Mittelstand hochzuarbeiten. Tatjana und Nikolai waren in den Einfamilienhäusern ihrer Eltern aufgewachsen, die noch heute darin lebten. Sie hatten diese Häuser gekauft oder gebaut, und waren damit die ersten in der Geschichte ihrer Familien, die Grundbesitz erwarben. Darum rankten sich die Gründungsmythen ihrer Familien.

Die Väter traten als junge Männer in große Unternehmen ein, ganz unten. Doch sie waren zielstrebig und fleißig und kamen voran. Sie und ihre Frauen waren sparsam. Bald schon stiegen sie in der Hierarchie ein wenig auf und brachten genug Geld zusammen, um die Anzahlung auf ein Haus wagen zu können. Die Aussicht, jahrzehntelang Kredite zurückzahlen zu müssen, war vielleicht nicht berauschend, aber der Wunsch, die kleinen Verhältnisse, aus denen sie kamen, hinter sich zu lassen, räumte alle Bedenken beiseite. Durch den Bau oder Kauf eines Hauses hatten sie die Möglichkeit, Werte von einer Größenordnung zu schaffen, die für ihre Eltern noch unerreichbar gewesen waren.

Sparsamkeit und Fleiß brachten noch weiteren Fortschritt: Ihre Kinder waren die ersten in der Familiengeschichte, die höhere Schulen und Universitäten besuchten. Sie hatten nicht um ihr Abitur und ein Studium kämpfen müssen. Im Gegenteil, selbst dort, wo ihre Leistungen eher dürftig blieben, arbeiteten alle daran, ihnen diesen Weg zu ermöglichen. Vielleicht keimte auch deshalb der Gedanke in ihnen, sie wären zu Höherem geboren.

Während ihre Eltern die Qualität eines Berufes noch danach bemaßen, ob er sicher und so gut wie möglich bezahlt war, fragten sie sich, ob er sinnvoll war und nicht nur Spaß machte, sondern ihnen vor allem ein Gefühl der Befriedigung verschaffte. Das Wort »Selbstverwirklichung«, das in den Ohren ihrer Eltern eher wie ein Schimpfwort klang, wurde für sie zum wichtigsten Lebensziel. Dabei hatten sie gar nicht vor, selbstsüchtig zu sein, ganz im Gegenteil. Das Wohl der Welt lag ihnen sehr am Herzen. Die Absicht, ein gutes, ein richtiges Leben zu führen, musste dazu nicht im Widerspruch stehen. Die Frage war nur: Was war das, ein gutes, richtiges Leben? Gut und richtig für sie oder für andere? Am besten natürlich beides. Wenn sie ganz ehrlich mit sich waren, verschaffte ihnen ihre Überzeugung, Geld sei nicht das Wichtigste, ein gewisses Überlegenheitsgefühl. Es war deshalb ja nicht so, dass Geld bei ihnen keine Rolle spielte. Es sollte eben nur nicht allein das Maß aller Dinge sein.

Das bedeutete keineswegs, sie wären ohne Ambitionen gewesen. In gewisser Weise waren Ambitionen in der Welt, in der sie lebten, eine zwar alternative, aber harte Währung. In ihrem Badezimmer stand auf einem Regal eine kleine holzgeschnitzte Buddha-Figur, die Nikolai von einer Indienreise mitgebracht hatte, zu der er vom Goethe-Institut eingeladen worden war. Von dieser Reise war ihm eine tiefe Sympathie für den Veganismus geblieben, die allerdings einer fein zubereiteten Thüringer Rostbratwurst nicht immer standhalten konnte. »Wie soll sich jemals etwas ändern, wenn wir uns nicht ändern?«, fragte Tatjana Nikolai in Momenten der Schwäche und war doch klug genug zu wissen, wie leicht es fiel, andere daran zu erinnern, und wie schwer, sich selbst daran zu halten.

Immer wieder versuchten sie, regelmäßig zu meditieren, was ihnen nur phasenweise gelang. Sie hätten sich selbst niemals als Buddhisten bezeichnet und auch nicht behauptet, welche werden zu wollen. Aber die Vorstellung, eine Technik zu erlernen, die einem ein wenig mehr Abstand zu den Dingen erlaubte, erschien ihnen sehr reizvoll; reizvoller als jedes andere religiöse Angebot, das sie kannten. War übergroße Empfindlichkeit die Ursache für diesen Wunsch? Wer sollte das beurteilen.

An die Buddha-Figur angelehnt war ein rosarotes Kärtchen, auf dem in schwarzer Schrift stand:

»Heute erschaffe ich mir erneut eine wundervolle Welt voller schöner Erlebnisse und Erfahrungen. Ich wähle bewusst gute Gedanken und eine liebevolle Weise, mich mitzuteilen. Ich bin der Schöpfer meiner Realität und übernehme die volle Verantwortung. Meine Taten erzeugen nur Gutes. Ich bin wichtig.«

Sie hatten die Karte in einem Berliner Hotel an der Rezeption gefunden. Selbstverständlich fanden sie sie übertrieben und irgendwie auch lächerlich. Zugleich aber eben auch gar nicht. Wäre es nicht wundervoll, genau so durchs Leben gehen zu können? Sie wollten es versuchen. Sie wollten nicht nur tun, was gut für sie selbst war, sondern auch gut für andere. Dazu gehörten ein achtsamer, sorgfältiger und auch geschlechtersensibler Sprachgebrauch, fair gehandelter Kaffee, Mülltrennung, Verzicht auf Fleisch, und wenn das schon nicht möglich war, dann wenigstens welches vom Biometzger; Hühnereier nur, wenn sie mit der Garantie verkauft wurden, dass auch die männlichen Küken aufgezogen werden, keine Billigklamotten, keine, oder doch so wenig wie möglich Flugreisen, und so weiter und so weiter. Verstöße gegen alle diese Regeln waren unvermeidlich, aber auch keine Katastrophe, denn es gab immer die Möglichkeit eines moralischen Ablasshandels, indem man Problembewusstsein zeigte.

Es war ihnen übrigens klar, wie einfach es war, sich über ihre Versuche, ein gutes, richtiges Leben zu führen, lustig zu machen. Viel schwieriger war es darüber zu sprechen, ohne sich lustig zu machen, das ging ihnen selbst so. Aber hieß das, ihre Bemühungen waren falsch? Sie glaubten das nicht, ganz im Gegenteil; dass sie ihre Fehler analysierten, half ihnen, ihre Überzeugungen zu verteidigen.

Wer ging schon an Bord der *Sea Warrior* und kämpfte auf den Meeren darum, Menschen in Schlauchbooten vor dem Ertrinken zu retten? Sie nicht, und sie waren sich einig, der einzige Grund dafür war, dass sie zu bequem, vielleicht sogar zu feige waren, es zu tun; zu verliebt in ihr komfortables Leben innerhalb der Grenzen, die dies ermöglichten, und die beschützt wurden von seltsamen paramilitärischen Organisationen, von denen sie annahmen, sie handelten nicht in ihrem Auftrag, was sie, wenn man es wirklich zu Ende dachte, aber natürlich taten.

Es blieb nur, die Beiträge an Greenpeace zu überweisen und zu beklatschen, wenn sie in den Nachrichten eine gelungene Rettungsaktion von Geflüchteten sahen. Das war schizophren, und es machte sie unglücklich, doch was sonst konnten sie tun?

Durch richtige Konsumentscheidungen Bewusstsein zu zeigen, war besser als nichts. Nicht weniger als die eigene Glaubwürdigkeit stand auf dem Spiel, wenn sie im großen Supermarkt vor den Regalen mit der unendlichen Auswahl standen. Kürzlich hatten sie etwa beschlossen, eine wiederverwendbare Kunststoffbox für den Eiereinkauf zu benutzen. Wer glaubte, sie darauf hinweisen zu müssen, dass das die Welt auch nicht rette, hatte einfach gar nichts kapiert.

In diesem Zusammenhang war ihnen auch wichtig, in einem Viertel zu wohnen, das knapp gesagt ein »richtiges« Viertel war. Eines, in dem Leute wie sie lebten, Leute, denen diese ganzen Zusammenhänge nicht immer wieder von Grund auf erklärt werden mussten, und die außerdem einen ähnlichen Geschmack hatten wie sie.

Nikolai liebte diese Nachbarschaft. Wann immer er Zeit fand, genoss er es, sie zu durchstreifen, zum Beispiel, um morgens fürs Frühstück einzukaufen. Allein in ihrer Straße hatten in den vergangenen Jahren zwei neue Cafés eröffnet. In einem, das eingerichtet war wie ein New Yorker Deli, gab es unter anderem die besten Zimtrollen und den feinsten Filterkaffee, im anderen, das ihre jungen Betreiberinnen mit charmantem Humor wie eine lebensgroße Puppenstube dekoriert hatten, wurden hausgemachte Kuchen serviert. Ein Musikantiquariat und ein neuer Buchladen, ebenfalls mit Café, ein Fahrradgeschäft, dessen Spezialität restaurierte Rennräder waren, und ein veganer Biomarkt in einer ehemaligen Metzgerei, dessen Innenwände gemalte Porträts von lachenden Schweinen, Rindern, Kälbern und Hühnern zierten, waren hinzugekommen. Nikolai leuchtete ein, wie hier alles mit allem zusammenhing. Auch das Haus, in dem sie wohnten, sollte saniert werden, und immer war mindestens eines in der Straße eingerüstet, um nach ein paar Monaten in neuem Glanz enthüllt zu werden. An Wänden, Zäunen, Trafokästen klebten hin und wieder Flugblätter, die zum »Widerstand gegen die Gentrifizierung« aufriefen, aber wenn es ihn überhaupt gab, blieb dieser Widerstand weitgehend unsichtbar. In ihrem Freundeskreis glichen die Meinungen dazu mehr oder weniger ihrer eigenen. Steigende Mieten waren ein Problem, aber die Annehmlichkeiten, welche die Aufwertung ihres Viertels mit sich brachte, waren nicht von der Hand zu weisen. Trotzdem waren sich alle einig, dass es auch weiterhin bezahlbaren Wohnraum für die sozial Schwächeren geben müsse. Nikolai dachte und sagte so etwas nicht ohne bittere Selbstironie, denn er und seine Familie lebten keineswegs in dem Bewusstsein, zu den Privilegierten zu gehören, obwohl das, rein statistisch gesehen, ganz sicher der Fall war. Eher schon fühlte es sich so an, als würden sie gerade eben so mitkommen. Ein immer noch junges, aber nicht mehr ganz junges Akademikerpaar, dessen berufliche Wünsche sich im Großen und Ganzen erfüllt hatten. Ihre Eltern hatten im gleichen Alter ihre Häuser schon längst gekauft oder gebaut und ihre Kinder in die Welt gesetzt. Was Tatjana und Nikolai verdienten, reichte nicht fürs Häuserbauen, es reichte auch nicht für eine größere Wohnung, wofür die niedlichen Cafés und Läden in ihrer Straße am wenigsten konnten.

Über all diese Fragen dachte Nikolai nach, wenn er sich zum Beispiel in die Schlange vor der neuen Bäckerei mit dem besonderen Namen stellte. Es herrschte eine rücksichtsvolle, entspannte Atmosphäre. Anstehen zu müssen wurde ganz offensichtlich nicht als Ärgernis, sondern als Qualitätsversprechen betrachtet. Der Duft frischen Gebäcks wehte auf die Straße hinaus und nährte die verhaltene Euphorie der Wartenden. Das Wissen, dass man Zeit mitbringen muss, wenn man hier einkaufte, verband sie. Die Leute, die hier arbeiteten, waren gerade dabei, ihr Lebensprojekt zu verwirklichen. Sie waren keine Dienstboten. Ihrer Freundlichkeit mischten sie deshalb genau die richtige Prise Ironie bei, die den Kunden sagte: Uns muss das hier mindestens so viel Vergnügen wie euch bereiten, sonst sperren wir zu.

Die Wohnung der Sandmanns, in die Nikolai anschließend mit einer Papiertüte voller noch warmer Brötchen zurückkehrte, hatte nur sechzig Quadratmeter. Dafür aber hatte sie hohe Decken und einen schönen Balkon und befand sich in einem stilsicher renovierten Altbau. Ungefähr die Hälfte von dem, was sie im Monat nach Hause brachten, ging für die Miete drauf.

Und das, obwohl sie zwar künstlerische Berufe hatten, darin aber ganz gut verdienten. Tatjana war Kuratorin in einem staatlichen Museum, Nikolai war Schriftsteller. Das klang, wenn man es so sagte, etwas glamouröser als es war, aber immerhin konnten sie bisher mit den Ärzten und Rechtsanwälten im Viertel mithalten. Wenigstens mit den jungen, worauf sie durchaus ein bisschen stolz waren. Trotzdem aber war die Gegend teuer, und wenn sie ehrlich waren, zu teuer für sie. Eigentlich zu teuer für alle, die hier wohnten.

Ab und zu startete eine Familie durch und zog dann weg. Man erfuhr meistens nicht so genau, woran es lag, aber eigentlich war klar, was geschehen war. Sie hatten geerbt oder irgendjemand hatte den Geldbeutel aufgemacht. Die meisten gaben es nicht zu, sondern versuchten, es wie einen Karrieresprung aussehen zu lassen. Es wurde niemals ausgesprochen, aber wenn es um Immobilien ging, lauteten auch in ihren Kreisen die Stufen zur Verheißung: Mietwohnung Neubau, Mietwohnung Altbau, Eigentumswohnung, gemietetes Reihenhaus, gekauftes Reihenhaus, gemietete Doppelhaushälfte, gekaufte Doppelhaushälfte, gekauftes frei stehendes Einfamilienhaus, selbst gebautes frei stehendes Einfamilienhaus. Es gab noch einige Unter- und Zwischenformen, aber das Prinzip dahinter war nicht so schwer zu verstehen und unterschied sich nicht im Geringsten von den hergebrachten Vorstellungen früherer Generationen.

Durch die Erbschaft waren die Sandmanns von einer der untersten Stufen praktisch ins Nirwana katapultiert worden, so viel stand nun fest. Für sie begann nun, ob sie wollten oder nicht, etwas ganz Neues. Das spürten sie nicht nur, das wussten sie. Jedoch, wie dieses Neue aussehen würde, wie es sich anfühlen würde, darüber wussten sie noch nichts, und es ist nicht übertrieben zu sagen, dass sie auch Angst davor hatten. Nikolai jedenfalls. Wenn er Tatjana beobachtete, war er sich nicht so sicher, ob es ihr ähnlich ging. Sie schien ihm auf die Ereignisse eher mit Neugier und Entschlossenheit zu reagieren, aber er konnte sich natürlich täuschen.

Eigentlich hatte er sich vorgenommen, mit Tatjana wichtige Fragen zu diskutieren: War es überhaupt okay zu erben? Oder wäre es nicht viel besser, auf das Erbe zu verzichten, beziehungsweise es, zum Beispiel, anzunehmen und zu spenden? Oder wenigstens einen Teil davon? Und wäre es nicht vielleicht richtiger, an ihrem Leben nichts zu ändern, einfach, weil es gut war, so wie es war? In den nächsten Tagen sprachen sie in jeder Minute, die sie für sich hatten, über das Haus. Tatjana zählte auf, welche Möbel sie anschaffen könnten, wie sie sich den Garten vorstellte, und dass sie im Internet zu einem Privatgymnasium in der Nähe des Philosophenviertels recherchiert habe – »nicht erschrecken, es ist katholisch« –, teuer, aber, aus allen möglichen praktischen Erwägungen, ideal für Marie. Die Themen, die Nikolai beschäftigten, sprach Tatjana gar nicht mehr an, und er wagte es schlichtweg nicht, von sich aus damit anzufangen. Er fürchtete, sie würde an seinem Verstand zweifeln.

Einmal fragte sie ihn sogar, ob er irgendwelche Einwände dagegen hätte, in Roses Haus zu ziehen.

Ja, er hatte einen; nämlich, dass sich alles in ihm dagegen sträubte. Aber das sagte er nicht, weil er auch nicht den geringsten vernünftigen Grund dafür hätte nennen können. Es war Tatjanas Erbe und ihre Entscheidung, und wenn er triftige Gründe dagegen hätte vorbringen können, wäre sie darauf eingegangen. Aber er hatte keine, und deshalb verstand es sich von selbst, dass Tatjana die Erbschaft annehmen und die Sandmanns in Tante Roses Villa umziehen würden.

7.

Nun, da der Entschluss feststand, mussten sie es Marie sagen. Das war aus einer Reihe von Gründen schwierig. Ihre Wohnung war zwar klein, aber hatte drei Zimmer, und eines davon gehörte Marie. Es war nur etwa fünf Quadratmeter groß, und gerade deshalb die heimeligste Höhle. Marie liebte es. Tatjana und Nikolai konnten ihr versprechen, sie würde im neuen Haus ein viel größeres bekommen, oder auch zwei, eines für sich selbst und ein anderes für ihre Spielsachen, zum Toben oder was auch immer; aber wie viel größer und schöner sie ihr das neue auch ausmalten, es würde nur eine vage Vorstellung sein, die sie gegen ihr wirklich vorhandenes und geliebtes Zimmer eintauschen sollte. Ein höchst realer Verlust also gegen eine Beteuerung, die, auch wenn Marie ihr noch so bereitwillig Glauben schenkte, an der Einbuße nichts änderte.

Hinzu kam aber noch etwas, das weit schwerer wog. Der Umzug würde die Trennung von ihrer besten Freundin Luisa besiegeln, die, aus anderen Gründen, sowieso schon drohte.

Luisa wohnte mit ihren Eltern im Nachbarhaus. Sie

und Marie waren in derselben Krabbelgruppe gewesen, im selben Kindergarten, in derselben Grundschule, und von Anfang an immer in derselben Klasse. Am Ende der Sommerferien stand der Übertritt aufs Gymnasium bevor, und es war alles besprochen: ihr gemeinsamer Schulweg, ihre Fächerkombinationen. Nur zeichnete sich leider ab, dass Marie den Notenschnitt nicht schaffen würde, und je verzweifelter ihre Eltern mit ihr lernten, je ungeduldiger und enttäuschter sie sich verhielten, desto schlechter wurden auch Maries Noten. Es lag nicht an ihren Fähigkeiten, Marie kam mit dem Druck nicht zurecht, das war offensichtlich, aber leider hatte der Versuch, deshalb bei Frau Elmer ein gutes Wort für sie einzulegen, wie gesagt, zu gar nichts geführt. Ihre Eltern hatten Marie das nicht in dieser Deutlichkeit erzählt, weil sie ihr die Hoffnung, und damit die Motivation, es doch noch zu schaffen, nicht nehmen wollten. Doch Marie wusste genau, wie die Dinge standen, sie spürte, sie würde Luisa verlieren, und das machte sie nur noch unsicherer und trauriger.

Tatjana und Nikolai ging es nicht viel anders.

Krabbelgruppenbekanntschaften beschränken sich aufseiten der Eltern üblicherweise auf das mehr oder weniger gequälte Beschwören angeblicher Gemeinsamkeiten. Solange man miteinander zu tun hatte, gab man vor, auf der gleichen Seite zu stehen, schon um überflüssigen Ärger zu vermeiden. Das Konfliktpotenzial solcher Verbindungen war im Allgemeinen hoch. Alles, was mit der Betreuung und Erziehung der eigenen Kinder zu tun hat, genoss höchste Priorität und unterlag sehr persönlichen Ansichten. Nachdem man sich also versichert hatte, ganz und gar einer Meinung zu sein, was mit größter Wahrscheinlichkeit glatt gelogen war, suchte man gewöhnlich schnell das Weite.

Mit Luisas Eltern war es anders. Als Tatjana zum ersten Mal Andrea Siemons bei den »Kuschelbären« begegnete, war sie glücklich, auf eine Frau zu treffen, die von sich selbst nicht als »Mutti« sprach und auch nicht so aussah, wie die, die es taten.

Waren Stoffwindeln nur scheinbar die bessere Lösung als Wegwerfwindeln? Wurden die Risiken verzögerter Schnullerentwöhnung unterschätzt? War Kinder schreien zu lassen, um sie ans Durchschlafen zu gewöhnen, eine geniale Methode oder eine sadistische Tortur?

Diese und andere Topthemen wurden verhandelt, wann immer Kuschelbärengruppeneltern aufeinandertrafen. Tatjana und Andrea konnten sie sehr bald erleichtert hinter sich lassen. Es kam zu gemeinsamen Treffen, in die auch die Männer, Nikolai und Jonas, miteinbezogen wurden.

Wie überrascht und erfreut waren alle, als sie feststellten, dass sie beruflich auf ähnlichen Feldern unterwegs waren. Jonas Siemons schrieb Drehbücher, Nikolai Romane. Tatjana arbeitete als Museumskuratorin, Andrea war Künstlerin. Derartige Koinzidenzen können auch zu heftiger Abneigung führen, und selbst wenn sie das nicht tun, erhöhen sie die Gefahr, einander ins Gehege zu kommen, beträchtlich. Aber bei den Sandmanns und den Siemons war es nicht so.

Wenn Nikolai später darüber nachdachte, warum, glaubte er, es habe vor allem daran gelegen haben, dass sie alle vier in etwa ähnlich erfolgreich gewesen waren; oder erfolglos, je nachdem, wie man eben darauf blickte.

Tatjana hatte das beste Los gezogen, denn sie hatte einen echten Job mit Sozialversicherung, Lohnfortzahlung im Krankheitsfall und bezahltem Urlaub. Aber auch sie träumte davon, Kuratorin in einem bedeutenderen Museum zu sein. Andrea war Malerin und wurde immerhin von einer namhaften Galerie vertreten, aber kaum jemand interessierte sich für ihre Bilder. Eine Ausstellung in der Sammlung, für die Tatjana arbeitete, hätte ihr geholfen. Tatjana erklärte, sie könne das nicht allein entscheiden, und Andrea akzeptierte das, doch beide ahnten, dies war nicht die ganze Wahrheit. Jonas' Agentin gelang es, seine Drehbücher zu verkaufen, aber sie waren, bis auf eines, bisher nie verfilmt worden. Nikolais Romane erschienen in einem angesehenen Verlag, aber bekamen gemischte Kritiken und fanden, mit einer einzigen Ausnahme, kaum Anklang beim Publikum.

Bei manchen Menschen, die nicht so viel mit dieser Welt zu tun hatten, lösten Worte wie »Kuratorin«, »namhafte Galerie«, »Drehbücher«, »Agentin«, »Romane« die Vorstellung aus, große Summen seien im Spiel. Das stimmte zuweilen auch, aber sie gehörten alle vier zum Fußvolk des Kulturbetriebs, für die nur wenig davon abfiel.

Niemals hätte es dafür ausgereicht, sich so ein Haus zu kaufen. Es sei denn, eine oder einer von ihnen hätte einen märchenhaften Durchbruch erlebt. Es gab Zeiten, in denen sie alle vier auf ihre Weise darauf gehofft hatten, bis sie begriffen, dass sie umso unglücklicher wurden, je mehr sie von so etwas träumten. Auch wenn es ein bisschen pathetisch klang, sie versuchten es so zu sehen: ihre Arbeit selbst belohnte sie.

Das alles zusammen ergab ein nicht ganz unkompliziertes Gleichgewicht, das in seiner Gesamtheit jedoch erstaunlich stabil war. Sie alle fanden, was sie selbst machten, insgeheim ein bisschen besser als das, was die anderen machten, und diese umgekehrt auch; sie waren beste Freunde. Ein Prinzip übrigens, über das niemand die Nase rümpfte. Die meisten Freundschaften basierten darauf. Je weniger offensichtlich, desto besser.

Es war Hochsommer, und deshalb luden die Sandmanns die Siemons zum Balkongrillen ein. Der Balkon war das beste Stück ihrer Wohnung. Tatjana rief Andrea an und sagte, sie hätten eine Neuigkeit für sie, etwas Spannendes.

»Ach, das ist ja toll«, antwortete Andrea. »Lass mich nur gerade checken, ob Jonas und Luisa Zeit haben.«

Sie hatten Zeit. Es war diese Spontaneität, die sie aneinander so schätzten. Sie unterschied sie von den Leuten, die nur noch in ihrem Trott lebten.

Nicht viel später standen die Siemons vor der Tür. Alle zusammen in Shorts und T-Shirt. Es gab Begrüßungsgelächter und Umarmungen.

Die Mädchen hielten sich nicht lange auf, verschwanden in Maries Zimmer und schlossen die Tür hinter sich. Die Erwachsenen gingen in die Küche und holten alles aus dem Kühlschrank, was gut für den Salat oder für den Grill war. Mühelos und nebenbei tippten sie die Themen an, die sie in den vergangenen acht Jahren zueinander gebracht hatten.

Die Sandmanns wohnten im obersten Stockwerk. Der Balkon war etwas zurückgesetzt, von keiner Seite einzusehen, nach vorne hin durch eine gemauerte Balustrade begrenzt und hatte deshalb, auch wenn er nicht so groß war, etwas von einer Dachterrasse.

Er bot Platz für den Holztisch, den sie rot lackiert hatten und an dem sie zu sechst sitzen konnten, und für einen Holzkohlegrill, den Nikolai und Jonas anheizten, bevor sie den Tisch deckten.

Sie grillten Halloumi und Gemüse, sprachen über das Problem des Fleischessens und tranken dazu Bier aus der Flasche von einer Mikrobrauerei aus dem Viertel. Als es daran ging, die Kinder zu holen und sich an den Tisch zu setzen, war es Tatjana, die sagte, Moment noch, es sei ganz gut, wenn sie gerade nur zu viert seien, denn sie habe etwas zu erzählen, was für sie alle sehr wichtig sei. Sie sprach so humorvoll geheimnistuerisch wie jemand, der etwas Erfreuliches mitzuteilen hat.

Doch sie und Nikolai wussten genau, was sie gestehen mussten, war nichts weniger als ein Verrat, und dass sie es hinter sich bringen wollten, war der einzig wahre Grund für die Einladung.

Die Frage, ob sie noch ein Kind bekämen, lag in der Luft. Sie wurde von Tatjana auch gleich beantwortet, bevor sie gestellt worden war:

»Keine Angst, nicht schwanger. Aber es hat sich tatsächlich eine Überraschung ereignet, die sich auf uns alle auswirkt.«

»Ihr habt im Lotto gewonnen?«, riet Jonas milde sarkastisch und kam der Sache damit näher, als er dachte.

»So ähnlich. Wir haben ein Haus geerbt. Überraschend«, erwiderte Tatjana unüberhörbar schuldbewusst. Ihr war nur zu klar, was jetzt geschehen würde, und doch hoffte sie wie Nikolai, sie könnten es durch eine besonders plausible Erklärung abwenden. Zunächst einmal folgte der befürchtete lange Moment der Sprachlosigkeit. Es war Andrea, die nach einer Weile beschloss, eine Frage zu stellen, die möglichst wenig vorwegnahm.

»Und was bedeutet das jetzt?«

Sie sah dabei Nikolai an, und er lächelte etwas gequält vor sich hin und war erleichtert, dass Tatjana wieder die Initiative ergriff und anfing, die Sache zu erklären.

»Wie ihr wisst, ist meine Mutter schon lange tot, und jetzt ist auch ihre einzige Schwester gestorben, meine Tante Rose.«

Tatjana wich ein wenig vom Thema ab und erläuterte recht breit, ihr noch lebender Vater habe Tante Rose nie ausstehen können. Das sei auch nicht anders geworden, als er später wieder geheiratet habe, ganz im Gegenteil. Zwischen ihm und Tante Rose habe es keinerlei Kontakt mehr gegeben. Irgendwie habe sich das auch auf sie, Tatjana und ihre Tante übertragen, ohne dass es zwischen ihnen je ein Zerwürfnis gegeben hätte. Sie hätten schon Kontakt zueinander gehabt, aber nie sonderlich innig.

Nikolai nahm an, Tatjana erzählte das alles nur, um die eigentliche Mitteilung etwas hinauszuzögern, und nickte die ganze Zeit. Er sagte, auch er habe die Tante kennengelernt, aber besonders eng sei der Kontakt nie gewesen.

So berichteten sie recht ausführlich, was sie von Tante Rose und ihrem Leben wussten, wobei sie alles Unkonventionelle, Unbürgerliche daran betonten und in den Vordergrund stellten, so als würde es das Kommende legitimieren. Sie erzählten von Roses Zeit in Kalifornien, von Wilhelm Reich und von Rudolf Weiß' Fortentwicklung des Orgonakkumulators und schließlich von der Villa im Philosophenviertel, von Roses bemerkenswertem Tod in der Schweiz, von Frau Dr. von Drach und dem Testament und von der Tatsache, dass Tatjana nun Tante Roses Alleinerbin sei.

So lange sie auch war, und so viel sie auch erklärte, so wenig beantwortete die Geschichte Andreas gleich eingangs gestellte Frage, was das alles nun bedeute. Das war auch Tatjana klar. Sie holte noch einmal Luft, bevor sie verkündete:

»Wir haben beschlossen, das Erbe anzunehmen.«

Die Tatsache, dass sie noch weit mehr als nur das Haus von Tante Rose geerbt hatte, verschwieg sie. Andrea und Jonas waren bestimmt keine Erbschaftssteuerexperten. Auszusprechen, dass Tatjanas weiteres Erbe aus einem siebenstelligen Geldbetrag bestand, der es möglich machte, das Haus zu behalten, wäre zu viel für dieses Treffen gewesen.

Es hätte genau den Freundschaftsbruch, den die Sandmanns in diesen bangen Augenblicken gerade zu vermeiden suchten, ganz gewiss herbeigeführt.

Aber auch so konnten sie spüren, dass es geschehen war. Die Gemeinsamkeit war für immer dahin, und die Stimmung auch. Letzteres äußerte sich vor allem in einer gespielten Aufgekratztheit, die Andrea plötzlich ergriffen hatte.

»Das ist ja toll!«, sagte sie nach einer kurzen Pause, in der alle verlegen dreinschauten.

»Dann werdet ihr ja sicher bald dort einziehen. Herzlichen Glückwunsch, oder wie sagt man da? Mensch, das verändert natürlich alles. Wahrscheinlich auch zwischen Marie und Luisa?«

Das war die Frage, vor der die Sandmanns die größte Angst gehabt hatten, und die Antwort stand fest. Nur fiel es ihnen so verdammt schwer, damit herauszurücken.

»Das allein müsste zwischen den beiden und auch zwischen uns ja gar nichts ändern«, sagte Tatjana. Das war eine schreckliche Lüge, und alle wussten es. Andrea nahm ein Stück Halloumi mit den Fingern von ihrem Teller und sah es beim Sprechen an, als würde sie mit ihm reden und nicht mit den Sandmanns.

»Glaubt ihr, Marie und Luisa schaffen es gemeinsam aufs Gymnasium, so wie wir uns das erhofft hatten?«

Tatjana und Nikolai wechselten Blicke, wer antwortete, die Wahl fiel auf sie.

»Wir müssen sehen, wie sich alles entwickelt. Im Augenblick sieht es nicht danach aus. Wir haben mit Frau Elmer gesprochen. Sie arbeitet gegen uns.«

»Sie ist schrecklich«, sagte Jonas.

»Aber sagt doch mal, ihr habt dazu noch gar nichts gesagt: Zieht ihr in das Haus?«, fragte Andrea.

»Natürlich ziehen sie in das Haus«, sagte Jonas.

Tatjana zuckte entschuldigend mit den Achseln und sagte:

»Ja, klar. Na klar machen wir das.«

Die Sandmanns fühlten sich furchtbar schuldig, obwohl es dafür doch eigentlich keinen Grund gab. Was konnten sie dafür, dass es so gekommen war? Mit dieser Frage trösteten sie sich ein wenig. Um die Verlegenheit zu vertreiben, die immer noch alle erfasst hatte, sagte Andrea:

»Es gibt bestimmt Freundschaften, für die solche materiellen Dinge ungeheuer wichtig sind. Aber bei uns ist das nicht so. Unsere Verbindung ist doch wirklich anders. Auch wenn ihr wegzieht, auch wenn Marie auf eine andere Schule geht, muss das doch nicht das Ende von irgendetwas sein.«

»Darauf stoßen wir an!«, rief Nikolai. Das Wort

»Ende« dröhnte in seinem Kopf, während sie die Kinder holten, das Essen servierten, noch ein Bier aufmachten, kurz über die Schule und dann viel über Kunst und Literatur redeten.

Es wurde ein eher kurzer Abend. Schon anderthalb, zwei Stunden nach dem Essen war bei den Siemons eine gewisse Erschöpfung zu spüren. Andrea sagte, sie seien zuvor schon im Schwimmbad gewesen und wahrscheinlich deshalb ein wenig früher müde als sonst. Der Aufbruch kam dann relativ zügig. Auch Luisa protestierte gar nicht. Sie verabschiedeten sich alle, wieder mit Umarmungen, und beteuerten, dass sie das bald wiederholen würden, dann aber auch ein bisschen länger aushalten würden.

Nikolai winkte noch einmal, dann schloss er die Tür.

»Die Siemons«, sagte er zu Tatjana und Marie, die beide bedeutsam nickten. Sie räumten den Tisch ab und machten den Abwasch. Später, als Marie schon im Bett war, setzten sich Tatjana und Nikolai noch für einen letzten Schluck auf den Balkon.

»Das fühlte sich vorhin so an, als wäre es ein endgültiger Abschied«, sagte Tatjana.

Nikolai machte eine Miene, als verstehe er, was sie meine, halte es aber für übertrieben.

8.

Das nächste Treffen mit Frau Dr. von Drach hatten sie auf den Anfang der großen Ferien gelegt, damit Marie dabei sein konnte, wenn sie zum ersten Mal ihr neues Zuhause betraten. Wörter wie »Familiendomizil«, die Nikolai sein ganzes Leben noch nicht gebraucht hatte, kamen ihm plötzlich, er wusste nicht aus welchen dunklen Regionen seines Bewusstseins, in den Sinn.

Tatjana und ihm war es wichtig, Marie mehr als bisher in die Vorgänge miteinzubeziehen. Das Schuljahr war mit der befürchteten Enttäuschung zu Ende gegangen. Frau Elmer hatte ihr genau das schlechte Zeugnis gegeben, das sie ihr in Aussicht gestellt hatte, verbunden mit der Empfehlung, künftig die Mittelschule zu besuchen. Nikolai war nicht gleich klar, dass Mittelschule heute das ist, was in seiner Jugend Hauptschule genannt wurde. In dem Dorf, in dem er aufgewachsen war, waren Hauptschüler nicht geächtet gewesen, im Gegenteil, sie waren die Söhne und Töchter der Handwerker, die später einmal deren lukrative Betriebe übernahmen; diese Familien wohnten in großen Häusern und fuhren beeindruckende Limousinen.

Sie arbeiteten hart und verdienten viel. Sie verstanden ihr Handwerk. Die Akademiker, die sie kannten, waren deutlich weniger wohlhabend. Sie fuhren jeden Tag mit der S-Bahn in die Stadt und verdienten ihr Geld dort über irgendwelche Schreibtische gebeugt. Es bestand nicht der geringste Grund, sie zu beneiden.

Das war lange her. Inzwischen war das Wort Hauptschule zum Stigma geworden. Da sich die Realität nicht so leicht verändern ließ, entschied man sich, sie wenigstens weniger verfänglich zu benennen. Nun führte nicht mehr die Hauptschule, sondern die Mittelschule ins gesellschaftliche Aus, dorthin, wo Marie landen sollte, wenn es nach Frau Elmer ging.

In Nikolais Exemplar von Rudolfs Buch *Die Fortentwicklung des Orgons*, das Rose ihm geschenkt hatte, zitierte Rudolf ausgiebig aus dem Werk Wilhelm Reichs. Rudolf hatte gar nicht verhüllen wollen, wie viel er seinem Meister verdankte.

Unter anderem stimmte er in dessen Hasstirade über die »runde, fassförmige Frau« ein, die ohne besondere Berufung Erzieherin wird und dadurch größtes Unheil anrichtet. Nikolai las es immer wieder und dachte dabei noch immer voller Wut an Frau Elmer.

Tatjana hingegen hatte sich, als der Umzug feststand, aus dem Kampf mit Frau Elmer zurückgezogen, und hatte eine neue Strategie entwickelt. Sie plante, Marie auf dem katholischen Privatgymnasium in der Nähe des Philosophenviertels anzumelden, in das aller Wahrscheinlichkeit nach viele Kinder von dort gingen.

Nikolai war skeptisch. Marie war nicht getauft, er selbst war schon vor Jahren aus der katholischen Kirche ausgetreten, Tatjana aus der evangelischen. Er nahm an, dies müsse ein Hinderungsgrund oder zumindest eine Erschwernis für Maries Aufnahme darstellen. Tatjana teilte diese Befürchtung nicht, sie hatte Informationen eingeholt.

Die Kinder schienen auf diesem Gymnasium so exzellent untergebracht wie auf einer englischen Public School. Eine heile Welt voller Standesdünkel, Disziplin und Gelehrsamkeit. Sie konnten Marie später immer noch beibringen, sich nicht zu viel darauf einzubilden.

Schon auf der Website der Schule war viel von der Förderung der individuellen Fähigkeiten der Schülerinnen und Schüler die Rede. Durch alle Sätze dort flüsterte hindurch, dass Eltern sich nur auf die richtige Weise »engagieren« mussten, um den Erfolg ihrer Kinder sicherzustellen. Es war Tatjana vollkommen klar, was das bedeutete, auch wenn es selbstverständlich nirgendwo ausgesprochen wurde. Ob die Kinder geeignet waren oder nicht, wurde nicht nach Übertrittszeugnissen entschieden und auch nicht etwa nach Bibeltreue, sondern nach einem Aufnahmetest, den vor den Kindern die Eltern zu bestehen hatten. Ein sogenanntes Motivationsschreiben musste verfasst werden, in dem sie erklärten, warum sie sich für Marie nichts Besseres vorstellen konnten, als den Besuch dieser Schule. Selbstverständlich durfte darin auch ein Bekenntnis nicht fehlen. Wenn schon nicht zum

Katholizismus, so doch wenigstens allgemeiner, dafür aber umso eindringlicher, zu den christlichen Werten. Während Nikolai sich noch still prüfte, wie weit zu gehen er bereit sein würde, nahm ihn Tatjana ermunternd in die Pflicht:

»Dir wird was einfallen, du bist der Schriftsteller in der Familie.«

Für den Brief blieb nicht lange Zeit, denn noch in der ersten Ferienwoche sollte ein Bewerbungsgespräch mit der Schuldirektorin stattfinden, die dann entscheiden würde.

Unterdessen wollte Tatjana Maries Vertrauen für die Idee gewinnen. Der hervorragend gestaltete Internetauftritt, der die Schule als eine Art katholisches Hogwarts präsentierte, half ihr dabei.

Die Schulgebühren standen nicht auf der Seite, aber man musste kein Hellseher sein, um zu erahnen, dass sie so außergewöhnlich sein würden wie die Förderangebote.

Als Nikolai das Thema ansprach, beschied Tatjana knapp:

»Darum kümmere ich mich.«

Dieser Ton war neu, und er überraschte ihn, denn die Antwort verdeutlichte ihm, dass Tatjana nicht gemeinsam mit ihm über Maries schulische Zukunft nachdenken wollte, weil sie ja die Rechnungen bezahlen würde. Andererseits hatte er nichts dagegen; er hätte sich die Schule nicht leisten können; insofern hatte sie wohl auch das Recht zu entscheiden.

Nikolai beschränkte sich also darauf, den Brief zu

schreiben. Es wurde ein zweieinhalbseitiges, verlogenes Stück handschriftlicher Prosa, in dem es viel um eine »Erziehung im Geist christlicher Werte« ging.

Es war ihm peinlich, den Entwurf Tatjana zu zeigen, aber sie reagierte ohne jede Ironie.

»Gut«, sagte sie nur. »Den schicken wir genau so weg.«

Nikolai hoffte, dass niemals irgendjemand, den er kannte, diesen Brief zu Gesicht bekäme. Wenn Jonas und Andrea ihn läsen, dürften sie sich in ihren schlimmsten Annahmen über ihn und sie bestätigt fühlen. Sie würden zu Recht jeden Respekt vor ihnen verlieren. Er hatte es zum Besten Maries getan, das war das Einzige, was er sich zugutehalten konnte.

Bald bekamen sie die Einladung zu einem Gesprächstermin bei der Direktorin.

Auf denselben Tag, zwei Stunden später, legte Tatjana die Hausübergabe mit Frau Dr. von Drach.

»Ist das nicht ein bisschen knapp?«, hatte Nikolai gefragt. »Und überhaupt, brauchen wir das wirklich alles an einem Tag? Was für ein Showdown, stell dir vor, es geht irgendwas schief?«

»Was sollte schiefgehen, Nikolai?«, erwiderte Tatjana. »Die Zeiten, in denen einfach irgendetwas schiefging, sind vorbei, mein Lieber. Wir haben jetzt die Mittel, die man braucht, um zu verhindern, dass etwas schiefgeht.«

Ihm war Tatjanas neu gewonnenes und so deutlich zelebriertes soziales Selbstbewusstsein nicht geheuer. Er entschied sich, es für eine Überreaktion zu halten, die sich vermutlich in nächster Zeit wieder normalisieren würde.

Es war der Donnerstag der ersten Ferienwoche, wieder ein strahlender Hochsommertag, als sie in ihren alten Golf stiegen, um zuerst in die Schule und später ins Philosophenviertel zu fahren. Nikolai fühlte sich dabei, als stünde auf dem Spiel, ob sie in ihr neues Leben aufgenommen würden, und genau so war es ja auch. An diesem einen Donnerstag wollten sie es betreten.

Marie war das auch bewusst. Sie wirkte gefasst und doch zuversichtlich, schien sich auf das Kommende zu freuen, ein Abenteuer darin zu sehen. Vielleicht war es für sie wirklich so, als würde sie in eine Zauberschule aufgenommen; Tatjana wirkte geradezu siegesgewiss, freudig in Erwartung eines sicheren Triumphes. Allein das machte Nikolai noch nervöser.

Sie fuhren auf einer Straße nach Süden hinaus, die durch immer vornehmere Wohnviertel führte, bis sie zur Rechten, schon aus der Ferne auf einem weitläufigen Gelände, das mächtige, historistische Schulgebäude sahen. Es hatte Türme und Erker und Fachwerk, Balustraden, Balkone, Fensterkreuze, und Tatjana rief: »Schau mal!«, und deutete vom Beifahrersitz aus zur Schule hin, und Marie schaute, wie Nikolai durch den Rückspiegel beobachten konnte, genauso freudig wie erhofft.

Sie parkten vor der Schule, bewunderten den Treppenaufgang, die breiten und hohen Flure, die riesige Aula, die Verzierungen, Ornamente und Statuen. Dies alles hier musste sich auch vor Hogwarts nicht verstecken.

Es dauerte eine Weile, bis sie auf jemanden stießen, einen Hausmeister, der ihnen den Weg weisen konnte. Wenig später standen sie vor dem Zimmer der Direktorin, und nun war auch Tatjana ein bisschen nervös und musste sich zusammennehmen, bevor sie, vielleicht etwas zu energisch, an die Tür klopfte.

Das »Herein!« kam prompt, sie traten ein, die Direktorin war schon aufgestanden und ging ihnen entgegen. Eine große, schlanke Frau in einem schwarzen Hosenanzug und mit schulterlangen Haaren, die sie in der Mitte gescheitelt trug. Nikolai war verblüfft, er hatte mit einer altmodischen Person gerechnet, frömmelnd vielleicht, aber diese Frau war ganz aus dem Hier und Jetzt.

»Bitte, nehmen Sie Platz. Und du, Marie, darfst hier in der Mitte zwischen deinen Eltern sitzen.«

Aufgereiht auf den drei Stühlen der Direktorin gegenüber, kam Nikolai sich vor, als säßen sie hier, weil sie etwas ausgefressen hätten.

»Wer hat das geschrieben?«, fragte die Direktorin. Sie hatte Nikolais Brief in einer Klarsichthülle vor sich liegen.

Er hob zögerlich die Hand halb hoch, die Direktorin nickte, als habe sie sich das schon gedacht.

»Sie haben eine schöne Handschrift.«

»Danke.«

»Aber inhaltlich, muss ich ganz ehrlich sagen, hätte ich mir noch etwas mehr vorstellen können.«

»Oh, ich wusste nicht …«

»Es genügt, es genügt«, unterbrach sie. »Aber wir haben eine Warteliste, und die ist ziemlich lang. Manchmal werden kurzfristig noch Plätze frei und jemand rückt nach, aber danach sieht es zurzeit überhaupt nicht aus.«

Sie wandte sich Marie in der Mitte zu, indem sie sich ein wenig nach vorne beugte.

»Marie, gibt es denn etwas, was du gerne wissen möchtest?«

Nikolai wunderte sich über diese Frage. Sie passte nicht zu dem, was die Direktorin eben gesagt hatte. Warum wollte sie das wissen, wenn sowieso keine Chance bestand, aufgenommen zu werden? Aber Marie schien unbeirrt.

»Ja«, antwortete sie. »Ich möchte gerne wissen, ob es Schuluniformen gibt.«

Ein Strahlen ging über das Gesicht der Direktorin.

»Was für eine gute Frage! In der Tat denken wir darüber nach.«

»Wie bei Harry Potter?«, fragte Marie.

Die Direktorin lächelte süßlich.

»Einheitliche Schulkleidung schafft Identität. Die Schüler fühlen sich durch gemeinsame Farben, gemeinsame Garderobe untereinander und mit der Schule verbunden. Ob jemand dazugehört oder nicht, liegt dann nicht mehr daran, ob er die neuesten und teuersten Sachen anhat; nicht daran, wie viel Geld die Eltern haben. Und überhaupt lernen die Schüler zu verstehen, dass Mode nur eine Äußerlichkeit ist. Außerdem erkennen wir, wenn wir Uniformen tragen, auf den ersten Blick, wer dazugehört und wer nicht. Auch ein Vorteil, über den viel zu wenig gesprochen wird. Ach, und es gibt noch so viel mehr Gründe dafür. Wie schön, dass du so denkst, Marie!«

Marie lächelte und sah erwartungsvoll abwechselnd zu ihren Eltern hin. Zweifellos hatte sie mit ihrem Beitrag ihr Soll erfüllt, und so endete die Behandlung dieses Themas mit einem geradezu erbaulichen Gleichklang, auch wenn Nikolai sich fragte, wo er hineingeraten war. Trotzdem setzte er ein Lächeln auf, das nichts anderes als Zustimmung bedeuten konnte.

Das Gespräch aber war damit noch nicht beendet, das war ihnen peinlich bewusst. Nur Marie schien sich ihrer Sache sicher.

»Schön«, sagte Tatjana, als resümiere sie. »Ich denke, wir stimmen in Vielem überein. Aber da ist die Warteliste. Und da lässt sich wohl kaum etwas machen. Oder doch? Ich würde gerne noch ein paar Worte mit Ihnen alleine wechseln. Wäre das vielleicht möglich?«, fragte sie die Direktorin.

»Selbstverständlich«, antwortete die, und die beiden Frauen warfen milde auffordernde Blicke in Nikolais Richtung.

»Komm, wir gehen raus«, sagte er, schneller als er eigentlich verstand, zu Marie, so als gäbe es draußen Spannenderes zu erkunden.

Im Gang standen sie dann aber ganz allein und ziemlich verloren herum.

»Warum mussten wir raus?«, fragte Marie.

»Mama und die Direktorin müssen noch etwas besprechen«, antwortete Nikolai möglichst vage.

»Wie viel es kostet«, sagte Marie.

Er sah sie etwas unfroh an.

»Ja, so kann man es wohl sagen. Komm, wir gehen schon mal vor zum Auto.«

»Ich möchte gern auf diese Schule gehen. Darf ich?«

»Von mir aus gerne. Mama wird es dir sagen können, wenn sie kommt.«

Sie schlenderten ein wenig ziellos auf dem Schulgelände umher, zuerst vor, dann hinter dem Hauptgebäude, wo sie einen penibel gepflegten Sportplatz und daneben einen großzügig und träumerisch angelegten Garten bewunderten, in dem die Kinder wohl ihre Pausen zubrachten.

Nikolais Telefon klingelte. Er ging dran.

»Wo seid ihr?«, fragte Tatjana. Sie klang euphorisch. Es hatte geklappt.

»Hinter dem Haus«, antwortete er.

»Kommt zum Auto, ich muss euch was erzählen!«

»Komm, Marie. Mama ist beim Auto«, rief Nikolai.

Marie hatte sofort verstanden und rannte los, und er trabte hinterher. Tatjana erwartete ihre Tochter mit ausgebreiteten Armen.

»Kommt, lasst uns einsteigen. Wir müssen sowieso weiter, ich sag's euch im Auto.«

Tatjana setzte sich zu Marie auf die Rückbank, hakte sie unter und berichtete ihr so wie eine Freundin einer anderen eine brandheiße Neuigkeit erzählt, wie die Schuldirektorin, kaum seien sie und Nikolai aus dem Zimmer gewesen, eine Lobeshymne auf Marie angestimmt hätte. Alles habe sie über Marie wissen wollen, und je länger sie gesprochen hätten, desto klarer sei es gewesen, dass die Warteliste am Ende überhaupt keine Rolle mehr spielen durfte, weil Marie einfach perfekt zu dieser Schule passte.

Nikolai beobachtete Tatjana und Marie währenddessen durch den Rückspiegel. Er zweifelte nicht daran, dass seine Frau log, und er zweifelte auch nicht daran, dass Marie es auf irgendeine undeutliche Weise spürte. Aber beide freuten sie sich an der Geschichte, als wäre sie wahr.

Dieser Höhepunkt, Maries Aufnahme in der katholischen Privatschule, ließ ihnen den folgenden, die Ankunft in ihrem neuen Haus, in noch strahlenderem Licht erscheinen.

Nikolai teilte ihre Freude, vor allem, weil Frau Elmer auf diese Weise nicht das letzte Wort behielt. Die »runde, fassförmige Frau« hatte nicht gesiegt.

Nikolais und Tatjanas letzter Besuch in Roses Haus lag lange zurück und hatte unter ganz anderen Vorzeichen gestanden. Nikolai erinnerte sich, wie er damals dieses Reichenviertel mit spöttischem Erkundungsinteresse betrat und sich vornahm, alles wie ein Ethnologe zu betrachten. Demgegenüber fühlte er sich nun befangen, denn es kam ihm plötzlich so vor, als wäre er auf Probe hier – ohne zu ahnen, wer ihn prüfte.

Sie parkten hinter Frau Dr. von Drachs Wagen, der

schon neben der Einfahrt am Straßenrand stand. Das schöne, weiß in der Sonne leuchtende Haus mit dem orangefarbenen 68er Porsche davor, wirkte auf Nikolai nun wie ungewisses Terrain.

Da sie noch keine Schlüssel hatten, musste Tatjana klingeln; Frau Dr. von Drach war offenbar schon hinter der Tür gestanden und ließ sie herein.

»Rose wollte, dass Sie unbeschwert hier einziehen können. Die Räume sind alle frisch gestrichen. Im Keller ist ein großes Zimmer voller Kisten, in dem Roses persönliche Sachen verstaut sind. Alles beschriftet.«

»Haben Sie das gemacht?«, fragte Nikolai.

»Es gibt Firmen, die so was machen«, beschied Frau Dr. von Drach etwas indigniert. »Einiges habe ich auch entsorgen lassen.«

Sie übergab ihnen die Schlüssel und verabschiedete sich. Auch wenn sie alle keinen Wert darauf legten, es erschien ihnen tatsächlich als feierlicher Moment.

Als die Anwältin weg war, atmeten sie auf; nicht dass sie ihnen zuwider gewesen wäre; doch sie hatte die Kontrolle über alles gehabt, und jetzt waren sie endlich wieder selbst am Steuer. Wenigstens so halbwegs. Die Sandmanns begannen sich durchs Haus zu bewegen als wären sie auf einem unbekannten Planeten gelandet. Nikolai war wie betäubt von der Atmosphäre. Dies alles besaßen sie nun, und doch konnte es ihnen gar nicht fremder sein. Es sich anzueignen würde eine gewaltige Aufgabe werden.

Nikolai nahm sich vor, sich nicht mehr als Eindringling zu fühlen. Vorerst mit bescheidenem Erfolg. Ihn zog es besonders ins Wohnzimmer. Dort hatte Rudolf gearbeitet und seine Patienten behandelt. Nikolai erinnerte sich an das, was Rose über ihn gesagt hatte:

»Nikolai. Mit dem Jungen ist etwas. Noch ist er vollkommen blockiert. Aber in ihm steckt ein Potenzial, eine Kraft. Ich wünsche ihm, sie möge eines Tages zur Entfaltung kommen.«

Vielleicht war dies hier der Ort, an dem sein Leben noch einmal eine entscheidende Wendung nehmen konnte. Vielleicht würde er an dieser Stelle ein bahnbrechendes Werk schreiben. Vor dem großen Fenster zur Terrasse hin stand der Orgonakkumulator. Was für ein tolles Wort. Aber das Gerät dazu sah eher mitleiderregend aus. Ganz einfach, ein paar Holzfaserdämmplatten zu einem aufrechten Quader mit einer Tür zusammengeschraubt, innen mit verzinktem Eisenblech ausgelegt. Er hatte nachgelesen. Zwischen Eisenblech und Holz lagen mehrere Schichten aus Stahlwolle und Wolle. Durch die Verbindung von Metall und organischen Materialien sollte er ähnlich funktionieren wie ein Kondensator. In seinem Inneren akkumulierte er Orgonenergie, daher der Name. Lebewesen, die sich in ihm aufhielten, konnten darin ihr Energiefeld steigern, und danach war wohl alles möglich.

Nikolai setzte sich hinein. Es war sehr interessant. Er erinnerte sich an seine Kindheit auf dem Land, als er und andere Kinder zusammen sogenannte »Buden«

bauten. Kleine Holzhütten, Baumhäuser, Verschläge, kaum groß genug, um sich darin aufzuhalten, aber trotzdem von ungeheurer Anziehungskraft. Es machte großen Spaß, darin zu sitzen und sich vorzustellen, es gehöre einem die Welt. So war es auch in diesem Orgonakkumulator. Aber abgesehen davon geschah in ihm: nichts.

Nachdem sie sich lange genug umgesehen hatten, fuhren sie nach Hause.

Er hatte es sich lange verkniffen, aber am Abend sprach er Tatjana doch noch darauf an:

»Musstest du Marie wirklich diese Geschichte auftischen, von der Direktorin, die sich praktisch vom Fleck weg in sie verliebt hat? Ist die Situation so verzweifelt?«

»Ich wollte, dass Marie aufgenommen wird. Und ich wollte ihr nicht erzählen, was die Direktorin wirklich gesagt hat.«

»Was hast du ihr gesagt? Hast du sie bestochen?«

»Nein. Jedenfalls nicht so, dass man dieses Wort verwenden müsste.«

Nikolai zog die Schultern hoch und gestikulierte. Sollte heißen: Was denn?

»Ich habe ihr gesagt, dass wir umziehen, und dass Umzüge für Kinder bekanntermaßen einschneidende Erlebnisse sind. Sie sollte diesen hier nicht als bedrohliche Veränderung, sondern als pures Vergnügen erleben.«

»Und das hat sie die Warteliste vergessen lassen?«

»Das, und eine Spende an die Schule, die ich ihr

versprochen habe. Glaub mir, ich hab mir den Betrag genau überlegt.«

»Wie viel? Wie viel hast du ihr angeboten?«

»So viel, dass sie verstanden hat, sie würde gefeuert werden, wenn sie so eine Spende mit Hinweis auf irgendeine Warteliste ablehnen würde. Wir haben es hier immerhin mit der katholischen Kirche zu tun und nicht mit irgendeinem Anfängerverein.«

Irgendwann später würde er noch einmal nach der Höhe der Summe fragen. Im Augenblick staunte Nikolai nur über eine neue Seite, die er an seiner Frau entdeckte. Sehr schnell hatte sie offenbar nicht nur Gefallen an ihrem neuen Reichtum entdeckt, sondern auch, wie er sich einsetzen ließ.

»Findest du das nicht ganz schön krass?«

»Was meinst du mit ›krass‹?«

»Na ja, einfach so, sagen wir, fünfzigtausend Euro auf den Tisch zu hauen, und schon flutscht die Sache?«

Tatjana lächelte.

»Gut geschätzt«, sagte sie. »Ich kann es mir leisten, und das ist es mir wert, wenn Marie dafür auf diese Schule gehen kann. Und ich habe immer geahnt, dass es nicht komplizierter ist als so: Du sagst, was du willst, und jemand anderer sagt Nein, und dann nennst du eine Summe und fragst, ob die passt, und wenn sie hoch genug ist, ist das Problem aus der Welt. Man muss nur darauf achten, dass keine Seite das Gesicht verliert. Nicht so schwer, oder?«

»Nicht schlecht«, sagte Nikolai, als bewundere er Tatjanas Entschlossenheit. Eigentlich aber war er entsetzt. Bisher hatten sie über Geld doch immer ganz anders gedacht, oder nicht? Es sollte bestimmt nicht die Rolle spielen, die es jetzt plötzlich spielte.

9.

Es kamen die Tage des Abschieds von der Wohnung und des Umzugs in das Haus, das nun schon eindeutig das der Sandmanns war. Zuerst überwog noch der Trennungsschmerz von ihrer bisherigen Umgebung.

Sie hatten das Haus an einem Samstag besichtigt, und am nächsten Morgen schlüpfte Marie zu ihren Eltern ins Bett, was sie schon seit Längerem nicht mehr getan hatte. Nikolai fand, sie sei dafür eigentlich schon ein wenig zu alt, Tatjana fand das eher nicht. Er jedenfalls meinte sich zu erinnern, dass er in Maries Alter schon damit aufgehört hatte, aber genau wusste er es natürlich nicht mehr.

Ihre Bindung zu ihnen war ohnehin so eng, und er hatte manchmal Sorge, Marie könne nicht genügend Anschluss an Gleichaltrige finden, wenn sie so sehr auf ihre Eltern fixiert sei.

Tatjana fand, zu viel Nähe gäbe es nicht. Marie komme nach den Sommerferien aufs Gymnasium, und dort werde es ihr bestimmt gelingen, neue Freundinnen zu finden.

Das hoffte Nikolai auch. Zugleich fragte er sich,

woher eigentlich Eltern wissen wollten, wie viele Freunde oder Freundinnen ein Kind benötigte oder welche davon gerade die richtigen waren.

Nikolai lag in letzter Zeit öfter nachts wach. Bei dem Versuch, wieder einzuschlafen, dachte er an sein merkwürdiges Gefühl der Erleichterung, als sie nach dem Termin mit Frau Dr. von Drach noch einmal in ihr gewohntes Leben zurückgekehrt waren. Wahrscheinlich war eben dies die Ursache seines Unbehagens. Hier die vertraute Gegenwart, dort die ungewisse Zukunft. Die Menschen sind unterschiedlich, manche streben nach dem Neuen, Unbekannten, und haben wenig Angst vor den Risiken, auf die sie sich dabei einlassen. Andere wollen sich, trotz aller Einschränkungen, die das mit sich bringt, lieber mit dem Erreichten zufriedengeben, so bescheiden es auch sein mochte. (Und so bescheiden war es doch eigentlich wirklich nicht.) Nikolai rechnete sich zur zweiten Kategorie, Tatjana zur ersten, wobei er ihre Haltung als Stärke betrachtete, seine als Schwäche; dann aber auch wieder nicht.

Der Widerstand gegen das »Projekt Rose«, wie er die Erbschaft, den Umzug und alles, was damit zusammenhing, mit leisem Missmut bei sich nannte, war eine undeutliche Empfindung, während er, gewissermaßen offiziell, ebenso wie Tatjana der Meinung war, alle rationalen Argumente sprächen dafür, es in Angriff zu nehmen.

Nachdem Marie zu ihnen gekommen war und sich mit ihrer Decke zwischen sie gelegt hatte, schlummerten sie noch eine Weile vor sich hin, alle mit jenem eigenartigen Sensorium, das wahrnahm, wo zwischen Traum und Tag die anderen sich befanden. Nikolai nahm an, auch Tatjana und Marie beschäftigten sich wie er in mehr oder weniger konkreten Überlegungen mit dem Haus. Er glaubte, es gehöre zu seiner Rolle, den Anfang zu machen, und mit einem ersten Wort das Thema anzusprechen, doch er wollte so wenig wie möglich vorgeben. Er richtete sich ein wenig auf, sah Tatjana und Marie an, und, wie er es erwartet hatte, erwiderten zwei erwartungsvolle Augenpaare seinen Blick. Doch, noch bevor er seine möglichst offene, unverfängliche Frage stellen konnte – er hatte sich für ein einfaches »Und?« entschieden –, sprach Marie.

»Ich will, dass wir hierbleiben«, sagte sie, und umarmte heftig einen Zipfel ihrer Bettdecke. Sie lächelte dabei erwartungsvoll, denn sie wusste, ihr Satz war der Beginn eines Spiels, und sie wusste auch, dass ihre Eltern darauf eingehen würden.

»Wie, du willst nicht in das neue Haus? Es ist doch ein schönes Haus«, sagte Tatjana.

»Ja, aber es ist nicht unseres. Es gehört Tante Rose.«

Marie konnte nicht wissen, wie sehr sie Nikolai aus der Seele sprach. Sie bekam von ihrer Mutter erklärt, dass Rose ja eben nicht mehr lebte und wollte, dass nach ihrem Tod sie drei das Haus haben sollten.

Marie schien sich das alles eine Weile lang durch den Kopf gehen zu lassen.

»Aber hier ist es schöner«, war ihr Resümee.

»Dein Zimmer im neuen Haus hat dir doch auch gefallen«, sagte Tatjana.

Marie nickte freimütig, als sehe sie darin keinen Widerspruch.

»Du willst uns ärgern«, sagte Tatjana scherzhaft, so als sei sie ihr auf die Schliche gekommen.

»Will ich nicht«, rief Marie lachend und klammerte sich noch fester an ihren Bettzipfel.

Tatjana kitzelte sie, und Marie brachte sich bei Nikolai in Sicherheit und kitzelte zurück. Es entstand ein kleiner Tumult, der sich steigerte, bis Tatjana ihn auflöste und ein Machtwort sprach:

»Jetzt wird erst einmal gefrühstückt. Nikolai geht zum Bäcker, und Marie und ich decken den Tisch!«

Dagegen konnte niemand etwas einwenden.

Am Abend dieses Tages, nachdem ihre Eltern Marie ins Bett gebracht und Gute Nacht gewünscht hatten, setzten sie sich mit einem Glas Wein auf ihren geliebten Balkon. Dort konnten sie ungestört reden. Sie malten sich aus, wie sie das Haus einrichten würden, und stellten immer wieder das Offensichtliche fest: dass sie mindestens dreimal so viel Platz haben würden wie bisher. Wörter wie Zen und Feng-Shui fielen. Sie würden sich hüten, gleich alles vollzustellen. Nach und nach würde sich das Haus ohnehin unweigerlich mit ihren Sachen füllen, aber zuerst einmal wollten sie genießen, was sie hier in der Wohnung zuletzt am meisten vermisst hatten: freie Räume. Jeder von ihnen würde mindestens ein eigenes Zimmer bekommen, und Nikolai den Prachtraum des Hauses, Rudolfs Arbeitszimmer.

Wie würden sie mit Maries Sorgen umgehen? Sie waren sich einig, ihre Abneigung gegen den Umzug, die sie so überraschend deutlich gezeigt hatte, mussten sie zwar ernst nehmen, durften sie aber auch nicht überbewerten. Kinder mochten keine Veränderungen. Das war ganz normal.

»Ich kann mir schrecklichere Schicksale ausmalen, als mit seinen Eltern in eine Villa am Stadtrand zu ziehen«, sagte Tatjana.

»Sicher. Aber für Marie wird sich vieles ändern. Sie kommt in eine neue Schule, viele ihrer Freundinnen wird sie nicht mehr so oft oder gar nicht mehr sehen«, erwiderte Nikolai.

»Dafür wird sie neue kennenlernen. Das ist ganz normal. Und die neue Schule bedeutet doch auch viele neue Möglichkeiten für sie.«

Marie war ein intelligentes, hübsches Mädchen, das allen Grund gehabt hätte, selbstbewusst aufzutreten.

Vor ein paar Jahren noch hatte sie zu einer Nachbarschaftshorde von Kindern gehört, die Tag für Tag durch das Planquadrat zwischen Hinterhof, Abenteuerspielplatz, Fußballplatz und dem Biergarten zog, in dem bei schönem Wetter ihre Eltern saßen. Den harten Kern bildeten ein paar Jungs und Mädchen, die, wie Marie, in die Grundschule ein paar Straßen weiter gingen. Doch nach und nach waren es immer weniger geworden. Die Familien bekamen zweite und dritte Kinder, doch davon wurde die Horde nicht größer, sondern kleiner, denn die Eltern zogen irgendwohin, wo sie mehr und bezahlbareren Platz fanden, und nahmen wieder einen Mitstreiter mit sich. Erbschaften wurden ausgezahlt und Kredite aufgenommen, und die Horde schrumpfte und schrumpfte. Die Sandmanns wollten sich nicht über beide Ohren verschulden für ein schmales Reihenhaus in einer aus dem Boden gestampften Siedlung. Außerdem bezweifelten sie, dass sie den notwendigen Kredit dafür überhaupt bekommen würden.

Die Schulwechsel, die jetzt nach der vierten Klasse anstanden, würden der verbliebenen Kinderclique endgültig den Rest geben. Schade, doch die Sandmanns gehörten jetzt auch zu denen, die sagen konnten, »dass sie es einfach besser fanden«, weiter hinaus zu ziehen, in ein Haus mit Garten im Philosophenviertel, und dabei ganz lässig unerwähnt ließen, warum und wie sie sich das so plötzlich leisten konnten.

Am übernächsten Tag, eine Stunde früher als vereinbart, kam der Möbelwagen zu den Sandmanns. Es war der erste Umzug, für den sie eine professionelle Firma beauftragt hatten. Kein selbst gemieteter Transporter und keine Kumpels, die ihre Hilfe anboten, keine Freundinnen, die mit Einrichtungstipps halfen. Nikolai war die Bewertungen im Internet durchgegangen und hatte bei dem Unternehmen angerufen, das ihm den besten Eindruck machte, ohne dass er wirklich hätte sagen können, warum. Mit einem unglaublich motiviert erscheinenden Disponenten war er den ganzen Umzug durchgegangen, hatte er Anzahl und Größe der Möbel, die Menge an Kleidung, Haushaltsgegenständen, Geschirr, Büchern beschrieben und kalkuliert, der Disponent hatte gerechnet, und am Ende war ein erfreulich günstiger Preis herausgekommen. Also hatte Nikolai zugesagt, und jetzt wunderte er sich über das vorzeitige Erscheinen der Arbeiter. Er dachte, vielleicht seien sie ganz besonders begierig darauf, ihren Job zu erledigen; oder man hatte ihnen einfach versehentlich eine falsche Anfangszeit übermittelt.

Den erfreulich günstigen Preis, der ihm genannt worden war, führte Nikolai auf seine sorgfältige Recherche zurück. Trotzdem war der Umzug ja alles andere als billig, und deshalb stellte er sich vor, er und Tatjana würden im Wesentlichen dirigieren und dabei alles in allem eher entspannt zusehen, wie top ausgebildete Fachkräfte ihr neues Heim nach und nach mit ihren Habseligkeiten vollräumten.

»Was Sie selbst nicht einpacken wollen, lassen Sie einfach stehen. Das machen dann wir«, hatte der Disponent am Telefon versprochen.

»Und wenn etwas kaputtgeht?«, wollte Nikolai wissen.

»Das passiert ganz selten. Unsere Leute sind wirklich gut und sehr umsichtig. Und wenn es doch einmal geschieht, ist es natürlich versichert.«

Der Anführer des vierköpfigen Umzugskommandos stellte sich mit seinem Vornamen vor, Enver. Geschwind und schweigsam begannen sie nach wenigen Instruktionen sofort damit, Gegenstände aus der

Wohnung zu tragen. Der Name Enver weckte in Nikolai eine ferne Erinnerung an Enver Hoxha, doch er wusste nicht mehr sicher, wer das gewesen war. Er sah auf seinem Smartphone nach: richtig, der kommunistische Diktator Albaniens, tief im zwanzigsten Jahrhundert.

Nikolai musste Enver nicht lange zusehen, um zu erkennen, dass sein Führungsstil nicht diktatorisch, sondern der eines echten Vormanns war. Er war der Kräftigste, Geschickteste und Schnellste von allen.

Anfangs warfen sich Tatjana und Nikolai beeindruckte Blicke zu, mit welcher Geschwindigkeit die Männer arbeiteten, doch im Lauf des Vormittags schwante Nikolai, dass sie trotzdem viel zu lange brauchten. Er sprach Enver darauf an.

»Wir schaffen das schon«, sagte er. »Aber Sie können mithelfen.«

Das hatten sie bisher auch schon getan, aber ab jetzt unterstellten auch sie sich dem Kommando Envers und erhöhten ihr Tempo.

Erst am frühen Nachmittag war der Laderaum des Lasters bis unters Dach gefüllt und die Wohnung leer. Die Arbeiter machten eine halbe Stunde Brotzeit, Nikolai spendierte ihnen das Geld dafür, Tatjana kochte ihnen Kaffee.

Zu diesem Zeitpunkt wurde Nikolai allmählich klar, dass der Disponent die benötigte Stundenzahl viel zu niedrig kalkuliert hatte und ihm das durchaus nicht versehentlich passiert war. Nicht nur, weil es sein Angebot niedrig erscheinen ließ, denn es war kein Fixpreis, sondern eine Abrechnung nach tatsächlichem Aufwand vereinbart. Die verkommene Kunst des Disponenten hatte also darin zu bestehen, seine Rechnung so günstig wie möglich und dabei noch realistisch erscheinen zu lassen. Doch damit nicht genug.

»Sind Sie eigentlich angestellt? Bekommen Sie Überstunden bezahlt?«, fragte Nikolai Enver. Sie hatten sich alle mit Vornamen vorgestellt, und Nikolai hatte die Männer von da an geduzt, dann aber bemerkt, dass sie ihn, auch nachdem er sie dazu eingeladen hatte, nicht zurückduzten. Enver hatte ihn immer nur auf leicht ironische Weise mit »Chef« angesprochen, war aber beim Sie geblieben.

Jetzt sah Enver ihn prüfend an.

»Chef, ich will keinen Ärger haben«, sagte er.

»Von mir aus gibt es überhaupt keinen Ärger. Ich will nur verstehen, wie das hier funktioniert. Bekommt ihr mehr, wenn das hier möglichst lange dauert? Euer Meister hat mir vorgerechnet, dass wir für den gesamten Umzug ungefähr acht Stunden brauchen. Jetzt sind sechs Stunden, und wir sind gerade mal mit dem Auszug fertig. Bis wir die Sachen alle im Haus und wieder aufgebaut haben, werden sicher mehr als zwei Stunden vergehen. Wer hat was davon?«

Enver sah Nikolai genau an, während er sprach, und schien zu der Überzeugung gekommen, er sei vertrauenswürdig.

»Wir bekommen einen Fixpreis, egal wie lange wir arbeiten. Wir sind Subunternehmer. Keine Sozialversicherung. Scheinselbstständig. Aber keiner sagt was, weil er sonst fliegt.«

Nikolai nickte, als habe sich ein finsterer Verdacht bestätigt. Tatjana und Marie kamen dazu, und auch Envers Männer. Alle zusammen bildeten einen Halbkreis um Nikolai.

»An jeder Stunde, die wir länger brauchen als geplant, verdient allein die Umzugsfirma. Enver und seine Leute haben nichts davon. Wir werden für dumm verkauft, und sie werden ausgebeutet. Wir müssen alle zusammenarbeiten, um so schnell wie möglich fertig zu werden«, sprach er.

Enver und seine Männer nickten stumm, und Nikolai fühlte sich ein wenig wie ein albanischer Revolutionsführer. So schlugen sich Marie, Tatjana und er auf die Seite der Werktätigen. Von da an arbeiteten auch die Sandmanns gegen die Uhr und brachen nach der hastigen und eher kärglichen Brotzeit auf zum neuen Heim im Philosophenviertel, die Sandmanns in ihrem Auto voran, der Lastwagen hinterher. Sie schufteten auf unglaubliche Weise, und um zwanzig nach zehn war Enver mit dem Aufbau eines letzten Kleiderschranks in Tatjanas Ankleide fertig.

Anstelle der erlaubten acht hatten die Arbeiter vierzehn Stunden durchgearbeitet, die Pausen bereits abgezogen.

Einmal, als Nikolai gerade davor war, ein altes Laptop in eine Kiste für den Sperrmüll zu werfen, hatte Enver ihm von seinen beiden Töchtern in Maries Alter erzählt.

Er sagte, er dürfe Kunden so was zwar eigentlich nicht fragen, traue es sich jetzt aber, da Nikolai, wie es aussehe, ein guter Mann sei. Ob er also dieses Laptop für seine Töchter haben könne? Nikolai schmeichelte es, Envers Vertrauen gewonnen zu haben.

»Ja sicher, meinetwegen, aber es funktioniert nicht mehr«, antwortete er.

»Ich kenne jemanden, der es wieder hinkriegt«, antwortete Enver mit einem Augenzwinkern.

Natürlich gab Nikolai es ihm, und war bestürzt. Was musste jemand wie Enver über ihn und seine Familie denken? Wie unermesslich reich mussten sie ihm vorkommen? Und wie achtlos, dass sie etwas, das man noch reparieren konnte, einfach so wegwarfen? Diese Peinlichkeit wirkte in Nikolai nach bis zum Abend. Mit Enver und seinen Männern saß er um den Küchentisch, und sie besprachen die Abrechnung der Stunden. Es war ein Handeln und Taktieren. Nikolai ließ durchblicken, dass er sie gut bezahlen wolle, aber die Firma keinen Vorteil von ihrer falschen Kalkulation haben sollte. Enver wusste die Lösung.

»Die Firma darf nicht mehr als zwanzig Prozent von ihrem Angebot abweichen. Das ist Gesetz«, sagte er.

Er musste Vertrauen in seine Leute haben, dass keiner ihn verpfiff. Nikolai bedankte sich, und jetzt einigten sie sich schnell.

»Hundertmal lieber gebe ich euch das Geld als eurem Chef«, sagte er. Danach führte er ein scharfes Telefongespräch mit dem Disponenten, warf ihm vor, auf Kosten seiner Leute und auf Kosten der Familie Sandmann bewusst zu wenig Stunden angesetzt zu haben, und handelte ihn herunter. Das Argument mit den zwanzig Prozent hob er sich bis zum Schluss auf.

Er leistete alle nötigen Unterschriften, bezahlte Enver und seine Arbeiter, und alle drei Sandmanns winkten ihnen wie lieb gewonnenen Freunden hinterher, als sie in ihrem Laster davonfuhren.

Dann gingen sie zurück ins Haus und bemerkten, dass sie nun zum ersten Mal wirklich allein hier waren.

Maries Zimmer war vollständig fertig, ihr Hochbett stand und war frisch bezogen, ihr Kleiderschrank ordentlich eingeräumt, ihr Bücherregal sortiert, sogar Bilder hingen schon an der Wand. Tatjana war dieses Zimmer wichtiger als jedes andere, denn Marie sollte so schnell wie möglich wieder das Gefühl haben, in ihrer gewohnten Umgebung zu sein. Aber auch sonst waren sie erstaunlich weit gekommen. Während ihnen ihre Wohnung immer zu vollgepackt erschienen war, herrschte hier im Haus nun eine Leere, die man vornehm finden konnte oder auch ein bisschen komisch, denn es war offensichtlich, dass diejenigen, die hier eingezogen waren, zuvor mit viel weniger Platz hatten auskommen müssen.

Alle drei Sandmanns machten es sich im Wohnzimmer, das jetzt auch Nikolais Arbeitszimmer werden würde, auf dem Sofa bequem, aus Erschöpfung, und um ein wenig die neuen Räume auf sich wirken zu lassen.

Marie durfte heute so lange aufbleiben wie sie

wollte, warum auch nicht, es waren Ferien, und an diesem Tag war sowieso alles anders als sonst.

»Hörst du das?«, fragte Nikolai Tatjana.

Sie schüttelte den Kopf und lauschte dann erst.

Doch dann hörten sie es alle, ein Geräusch, das aus der Küche kam, oder von der Eingangstür her. Nikolai stand auf und ging in den Flur.

»Hallo?«, rief er und klang dabei, wie er selbst fand, unnötig besorgt.

Während er über den Flur zur Haustür ging, sah er, dass sie offen stand. Irgendjemand war von draußen hereingekommen. Sie hatten offenbar den Schlüssel stecken lassen, und der Eindringling hatte sich nicht einmal die Mühe gemacht, ihn abzuziehen. Er war, wie es schien, in die Küche abgebogen, durch die man ebenfalls ins Wohnzimmer gelangen konnte. Nikolai eilte hinterher.

Der »Eindringling« stellte sich als eine Frau etwa in ihrem Alter heraus, sie trug ein Sommerkleid und Sandalen und hielt eine Pizzaschachtel und eine Packung Salz in den Händen, während sie lächelnd auf Tatjana und Marie zuging, die vor Verblüffung ebenfalls lächelten.

»Man kann einen Umzug so gut planen wie man will, am Ende stellt er sich immer als eine mittlere Katastrophe heraus«, sagte die hübsche Frau und strahlte nun geradezu.

Tatjana stand auf, wobei sie ihr Lächeln beibehielt, allerdings etwas irritiert, doch bevor sie etwas sagen konnte, kam ihr die Frau schon zuvor.

»Sabine Hoffmann, ich bin eine Ihrer Nachbarinnen. Bei Ihnen steckte der Schlüssel, und die Haustür stand offen. Ich wollte eigentlich erst morgen herüberschauen, aber ich dachte mir, ich sollte das vorziehen«, sagte sie.

Jetzt kam auch Nikolai dazu.

»Alles in Ordnung?«, fragte er, und bemühte sich, dabei nicht allzu alarmiert zu wirken.

»Alles in Ordnung«, antwortete Sabine Hoffmann, der die Frage nicht gegolten hatte. »Statt Brot und Salz habe ich Ihnen eine Pizza mitgebracht. Eine Vegetaria, ich hoffe, die mögen alle.«

»Wir haben den Schlüssel außen stecken lassen«, sagte Tatjana.

»Und die Tür stand offen«, sagte Sabine Hoffmann.

»Oh«, sagte Nikolai. Die Nachbarschaft war hier offenkundig ganz schön auf Zack, dachte er, und sah die Frau etwas prüfend an, die das sofort bemerkte.

»Ich komme vielleicht gerade ungelegen, bitte entschuldigen Sie. Wo kann ich die denn abstellen?«, sagte sie, den Abbruch ihres Besuchs andeutend.

»Nein, natürlich überhaupt nicht!«, Nikolai kam ihr entgegen und nahm ihr den Pizzakarton ab. »Das ist sehr aufmerksam von Ihnen, wir sind wirklich am Verhungern. Danke Ihnen, danke Ihnen sehr, Frau …«

»Sabine Hoffmann. Gerne auch einfach nur Sabine.«

»Nikolai, und das ist meine Frau Tatjana, und unsere Tochter Marie.«

»Schön, wir haben es nicht so mit Förmlichkeiten, wir können uns gerne duzen«, sagte Sabine.

»Fein«, sagte Nikolai.

»Willst du auch etwas davon?«

Er meinte die Pizza.

»Nein, ich wollte euch wirklich nicht stören, ihr müsst ja fix und fertig sein. Kommt erst mal an, esst euch satt, und dann schlaft euch aus. Wir wohnen schräg gegenüber, die Einfahrt mit dem steinernen Torbogen, ein bisschen altmodisch. Wenn ihr wollt, könnt ihr ja in den nächsten Tagen mal bei uns vorbeischauen. Ich wollte nur kurz Hallo sagen, und wie gesagt: Der Schlüssel.«

»Das ist wahnsinnig nett, vielen Dank. Wir sind tatsächlich todmüde und kommen gerne in den nächsten Tagen mal vorbei«, sagte Tatjana und begleitete Sabine zur Tür. Als sie draußen war, steckte die den Haustürschlüssel ins Schloss, diesmal von innen, und drehte ihn zweimal nach links. Dann ging sie zurück zu ihrer Familie.

»Mit der Tür ins Haus«, sagte Nikolai.

»Eigentlich ziemlich nett, dass sie uns auf den Schlüssel aufmerksam gemacht hat«, sagte Tatjana.

»Ja, sicher. Marie, möchtest du was von der Pizza?«

Marie zuckte die Achseln. Sie schien erst wissen zu wollen, ob damit alles okay war.

»Sabine ist eine ganz nette Nachbarin, die uns die Pizza vorbeigebracht hat, um uns willkommen zu heißen. Eigentlich bringt man Brot und Salz mit, das ist so ein Brauch, aber Pizza ist echt besser.«

Jetzt wollte Marie ein Stück.

»Wo sie die so schnell herbekommen hat?«, fragte Nikolai.

»Die Frage können wir ihr stellen, wenn wir sie demnächst besuchen«, sagte Tatjana.

11.

»Angekommen.«

»Wir sind angekommen.«

»Ich glaube, wir sind jetzt wirklich angekommen.«

»Ich habe dich vorhin im Wohnzimmer beobachtet. Du siehst aus, als wärest du angekommen.«

»Hast du Marie beim Spielen gesehen? Was meinst du?«

»Ich glaube auch, sie ist angekommen.«

So redeten sie nun schon seit Wochen. Nikolai war mittlerweile ziemlich gut darin vorauszuahnen, wann das Wort zum nächsten Mal fiel. Zuerst hatte es, glaubte er, nur Tatjana verwendet. Dann griff er es auf, und jetzt benutzte es auch Marie.

Ab und zu wagte sie erste kleine selbstständige Spaziergänge durchs Viertel.

»Wie war`s?«, fragte er sie, als sie von einem zurückkam. Sie warf ihm einen prüfenden Blick zu und sagte, so als sei es am besten für sie alle, wenn sie es ausspräche:

»Ich glaube, ich bin jetzt wirklich angekommen.«

Ihre Antwort versetzte ihm einen Stich. Mit seinen

hellseherischen Fähigkeiten war er anscheinend nicht alleine. Er schämte sich ein bisschen, weil seine Tochter glaubte, sie müsse ihn beschwichtigen.

Aber es stimmte schon, sie waren alle drei aufgeregt, und auch ein wenig verunsichert. In einem guten Sinn, wie sie betonten. Nach dem Umzug mussten sie alles wieder neu lernen. Wirklich alles. Ihr Bewegungsgedächtnis prägte sich die Lage der Zimmer ein, die Anzahl der Schritte dazwischen, die allmorgendliche Badezimmerchoreografie, die ungewohnten Handhabungen in der neuen Küche, den erstaunlich weiten Weg in das offene Esszimmer mit der Fensterfront vor einer Terrasse, die ungefähr die gleiche Grundfläche haben durfte wie ihre einst heiß geliebte Wohnung, an die sie jetzt nur noch erstaunlich wenig dachten. Bei alldem gab sich Nikolai die größte Mühe, was er tat, natürlich und routiniert erscheinen zu lassen, und wirkte so, als summte er unablässig lautlos vor sich hin, *hoffentlich haben wir keinen Fehler begangen, keinen nicht wiedergutzumachenden Fehler.*

Im Inneren des neuen Hauses fiel es ihm leicht, daran zu glauben, dass ihre Entscheidung richtig war. Das lag an der offenkundigen Tatsache, dass sie hier viel mehr Platz hatten. Doppelt und dreifach so viel Platz wie früher. Wenn er sich fragte, warum sie umgezogen waren, musste er sich nur umsehen. Richtig: Platz war das schlagende Argument. Hier hatten sie so viel davon, dass sie immer wieder ungläubig darüber lachten, wie über einen Lottogewinn. In diesem Haus, das bestätigten sie sich immer aufs Neue, sollten sie sich wohlfühlen können, auch wenn es ihnen jetzt noch ungewohnt vorkam.

Vor der Haustür sah es anders aus. Sie traten auf eine Bühne, jedoch noch ohne das Stück zu kennen. Schon die Symbolik der Requisiten richtig zu deuten, bereitete zumindest Nikolai Mühe. Sie stiegen in ihren dreizehn Jahre alten Golf Variant, der vor ihrer Haustür parkte als gehörte er nicht hierher. In ihrem bisherigen Soziotop hatten sie für dieses Auto im günstigsten Fall wohlwollende Ironie erwarten können. Die Bewohner dort sahen es als Stilbruch, ein unabsichtlich deutliches Bekenntnis zu bürgerlicher Normalität. Am besten, fanden sie, fuhr man überhaupt kein Auto. Nicht unbedingt aus ökologischen Erwägungen, auch wenn diese selbstverständlich eine Rolle spielten. Die Sandmanns hatten sogar eine ziemlich ausgeklügelte Theorie, warum es auch aus Umweltgründen vertretbar war, so ein altes Auto zu fahren, zumal einen Diesel; nämlich, weil der Kauf eines neuen Elektroautos ihr Kohlendioxidkonto deutlich mehr belasten würde. Doch der Hauptgrund, warum es angebracht gewesen wäre, ganz auf ein Auto zu verzichten, war ja ein anderer. Konformität und Spießertum wurden traditioneller Weise ganz besonders durch zwei Dinge zum Ausdruck gebracht, durch das Eigenheim und das davor geparkte Automobil.

Dort, wo ihr neues Zuhause war, konnte man ohne überhaupt nicht zurechtkommen. Doch niemand fuhr dort ein Auto wie die Sandmanns. Ein dreizehn Jahre alter VW Golf Diesel vor einem Haus wie diesem konnte nur eines bedeuten: Die Erben waren eingezogen. Hier im Philosophenviertel galten andere, für sie neue Regeln.

Als sie losfuhren, fühlte es sich so an, als würde ihnen die ganze Straße hinterherschauen, was bestimmt nicht der Fall war. Oder doch?

Sie machten sich auf die Suche nach der besten Einkaufsgelegenheit in der Nähe und stießen bald auf Schilder, von denen sie sich leiten ließen: »Einkaufszentrum« verhießen sie ganz nüchtern, schwarz auf weißem Grund. Sie ähnelten ein bisschen den Schildern, die über die Gottesdienste in einer Gemeinde informieren.

Es war ein strahlender Hochsommertag, keine Wolke am stahlblauen Himmel. Als sie auf den Parkplatz einbogen, winkte ihnen ein junger Mann in einer gelben Weste lachend zu, als habe er gerade überraschend alte Bekannte wiederentdeckt. Auf seiner Kappe stand der Schriftzug GRIMM'S, der auch in großen Lettern über dem Eingang des Supermarktes prangte.

Der junge Mann wies sie, immer noch breit lachend und so elegant wie ein italienischer Verkehrspolizist, ihren Weg auf die Einfahrt einer Tiefgarage, und obwohl der ebenerdige Parkplatz mindestens zur Hälfte frei war, folgte Nikolai ihm akkurat, schon weil es ihm unhöflich erschienen wäre, es nicht zu tun. Im Rückspiegel sah er, wie der junge Mann sich dem nächsten Ankömmling auf die gleiche, beinahe überschwängliche Weise widmete. Auch Marie hatte sich auf der

Rückbank umgedreht und beobachtete ihn interessiert. Tatjana und Nikolai wechselten einen Blick, mit dem sie sich vergewisserten, dass sie die Begrüßung ein wenig kurios fanden. Ob unsympathisch kurios oder sympathisch kurios ließen sie einstweilen offen.

Sie hatten plötzlich dieses Gefühl wie im Urlaub, wenn man etwas entdeckte, das einem irgendwie vertraut erschien und das doch ganz anders als zu Hause war, eben zum Beispiel einen Supermarkt. Das schöne Versprechen eines kleinen Abenteuers, das bestimmt keine bösen Überraschungen bereithielt.

Die Tiefgarage erstreckte sich auf eine Fläche von gut zwei Fußballfeldern. Nikolai konnte sich nicht erinnern, je in einer größeren gewesen zu sein. Sie war ein bisschen stärker belegt als der Parkplatz oben. Er wagte es kaum, ihren Wagen zwischen all diesen Porsches, Audis, BMWs, Mercedes abzustellen.

Sie stiegen aus und folgten den Wegweisern, nahmen sich einen Einkaufswagen und glitten damit auf einer breiten, stufenlosen, Rolltreppe zum Eingang empor. Ein klein wenig war es Nikolai vor sich selbst peinlich, dass er so leicht zu beeindrucken war, aber die Fahrt erzeugte ganz beiläufig ein Gefühl der Erhabenheit. Mit leisem Geräusch und einer gewissen Majestät glitten ungewöhnlich breite Glasschiebetüren auseinander, als sie oben ankamen. Nikolai schob den Einkaufswagen, Tatjana und Marie boten ihm links und rechts Geleit. Sie betraten ein Territorium, dessen erster Anblick sie allein schon durch seine Dimensionen beeindruckte.

Vielleicht schon in diesem Moment, bestimmt aber in der folgenden Stunde, der ersten, die sie im GRIMM'S verbrachten, begann Nikolai rätselhafterweise, diesen Supermarkt als eine Art Zuhause zu betrachten, einen Glücksort. In den meisten Religionen spielt die Vorstellung der Ankunft eine zentrale Rolle. Gewöhnlich ist sie eng verknüpft mit der Vorstellung von Erlösung. Auch wenn es etwas übertrieben klang, in genau diese Richtung wanderten Nikolais Gedanken.

Im Eingangsbereich standen Verkäuferinnen und Verkäufer, frisch und adrett, in weißen Kitteln mit roten Knopfleisten und Krägen, den ebenfalls roten Schriftzug GRIMM'S über dem Herzen, alle dabei, Kunden zur Hand zu gehen, anderen fürsorglich den Weg zu weisen. Ein hochgewachsener junger Mann, der aussah wie ein englischer Student, begrüßte die Sandmanns mit einem gewinnenden Lächeln: »Sie sind zum ersten Mal hier? Willkommen! Sehen Sie sich bitte um. Falls Sie irgendetwas benötigen, zögern Sie nicht, uns anzusprechen. Wir sind für Sie da!«

Sie nickten ihm dankbar zu und gingen weiter. Durch eine elektrische Absperrung aus illuminiertem Plexiglas, die lautlos vor ihnen aufschwang, traten sie ins Innere des Marktes. Nikolai hatte eine Weile gebraucht, um eine Theorie zu entwickeln, was genau den Eindruck des märchenhaften Überflusses erzeugte, den sie alle drei bereits jetzt hatten. Er glaubte, es handelte sich, neben der tatsächlichen Fülle, um einen optischen Trick. Alle Regale im gesamten Markt reichten nur etwas über Augenhöhe und standen relativ weit auseinander. Stets hatten sie eine üppige Auswahl von Waren vor sich, während sie die Größe des Ganzen gar nicht überblicken, aber doch erahnen konnten.

Sie wechselten vergnügte Blicke, weil sie alle drei dasselbe dachten. Wieder das eine Wort. Doch diesmal sprachen sie es nicht aus, weil sie begriffen, dass sie es nur dadurch, dass sie es für sich behielten, wahr machen konnten. In diesem Moment veränderte sich ihr Gang. Von nun an schlenderten sie zwischen den Regalen hindurch und taten es mit der Lässigkeit von Leuten, die wissen, wo sie hingehören.

12.

Die katholische Schule machte ihren Versprechungen alle Ehre.

Ein paar Tage nach dem Einzug rief die Direktorin persönlich bei den Sandmanns an, um sie über das Ferienprogramm zu informieren, das täglich auf dem Campus genannten, parkähnlichen Schulgelände stattfand.

Nikolai und Marie hörten sie mit Tatjana telefonieren, die auf laut stellte.

»Marie ist herzlich eingeladen, aber es ist selbstverständlich nicht verpflichtend. Ich dachte mir nur, sie ist neu an der Schule, neu im Viertel, da wäre es vielleicht eine schöne Gelegenheit, andere Kinder kennenzulernen. Wir haben eine Theatergruppe, eine Musikgruppe, eine Zaubergruppe, Tanz, Sport, ein reichhaltiges Angebot. Bringen Sie sie einfach vorbei, wenn Sie möchten. Die Anmeldungen sind selbstverständlich längst abgeschlossen, aber Marie darf sich aussuchen, was sie will.«

Zu Nikolais Überraschung war Marie sofort angetan von der Vorstellung, Theater zu spielen. Bisher war nie die Rede davon gewesen, dass sie das interessieren könnte. Auch Tatjana war begeistert und brach mit Marie schon am Morgen nach dem Anruf auf. Ein, zwei Stunden später kehrte sie ohne Marie zurück, euphorisch. Sie seien mit offenen Armen empfangen worden. Marie habe eine Rolle in Shakespeares *Sturm* bekommen.

»In Shakespeares *Sturm*?«, wiederholte Nikolai eine Spur sarkastisch.

»Ist was nicht in Ordnung daran?«, fragte Tatjana eine Spur schnippisch.

»Doch, doch, es ist alles in Ordnung daran. Das ist nur ein sehr anspruchsvolles Stück, und Marie ist zehn.«

»Das sind absolute Profis, Nikolai. Die wissen, wie man das Selbstbewusstsein von Kindern aufbaut. Bestimmt nicht mit solchen Nachfragen. Du hättest die Kostüme sehen sollen, die sie da haben. Und die Atmosphäre, richtig frei und künstlerisch.«

»Nicht doch, das ist toll, das finde ich doch auch.«

Von nun an brachten Nikolai und Tatjana abwechselnd Marie jeden Vormittag zur Schule zu den Theaterproben. Sie war vollkommen begeistert und sprach auch zu Hause von fast nichts anderem mehr.

Nachdem Tatjanas Urlaub, den sie sich für den Umzug genommen hatte, dem Ende zugegangen war, übte sie ihren neuen Arbeitsweg ein. Zuerst hatte sie überlegt, sich ein Elektroauto zu kaufen, was nun ja ohne Weiteres möglich gewesen wäre, aber dann fand sie es umweltpolitisch am besten, gut eine Viertelstunde zu Fuß zur S-Bahn-Station zu gehen und dann mit den öffentlichen Verkehrsmitteln zum Museum zu fahren.

Für Nikolai bedeutete das, dass er die Tage nun alleine im Haus verbringen konnte. Doch auch er musste sich eingewöhnen.

Während Marie für die Ferien eine Beschäftigung gefunden hatte, die sie begeisterte und sich für Tatjana außer dem Weg dorthin an ihrem Beruf nichts geändert hatte, fühlte sich Nikolais Arbeitsleben für ihn durch den Ortswechsel vollkommen fremd und verändert an.

Er war nicht sehr glücklich, so schlecht damit zurechtzukommen, und behielt es deshalb für sich, aber es war nicht zu leugnen; es machte ihn befangen, wenn er alleine im Haus war, in dieses riesige Arbeitszimmer zu gehen, das einmal Rudolf Weiß gehört hatte, dessen Möbel ja auch größtenteils darin standen. Die Couch, auf die er vermutlich seine Patienten gebeten hatte, obwohl er doch gar kein Freudianer war. Oder vielleicht war er selbst darauf gelegen und hatte darauf über »Die Fortentwicklung des Orgons« nachgedacht und dabei den Orgonakkumulator betrachtet, der unverändert ziemlich raumgreifend vor dem Terrassenfenster stand. Und natürlich der Schreibtisch, groß und breit etwas versetzt daneben; wer daran saß und arbeitete, hatte an der außergewöhnlichen Bedeutung seiner dort verrichteten Tätigkeiten besser keine Zweifel, sonst wurde er von ihm verschlungen. »Thomas Mann'sche Ausmaße« habe er, dieser Tisch, hatte

Tatjana gesagt, und obwohl Nikolai verstand, was sie damit sagen wollte, war ihm, als wäre Thomas Manns Schreibtisch kleiner gewesen als der von Onkel Rudolf, und eine kurze Internetrecherche bestätigte dies.

An der vernichtenden Peinlichkeit auch nur der Erwähnung dieses Namens änderte aber selbst das nichts. Seit Tatjana ihn ausgesprochen hatte, stand er, in den vielen Stunden, die Nikolai an diesem Tisch saß, immer im Raum.

Es stimmte, sie befanden sich nun in den bequemsten und komfortabelsten Umständen, und er hätte das zum Anlass nehmen können, diesen Raum auszufüllen und sich einfach vorzumachen, er säße hier, mit dem Blick durchs Fenster auf ihren Garten (sie hatten jetzt einen Garten), und schriebe in gelassener Meisterschaft an seinem Zauberberg oder seinem Doktor Faustus oder einem ähnlichen Meisterwerk, von dem schon vor Beginn feststand, es würde in die Weltliteratur eingehen. Aber sein Wille zur Selbsttäuschung war dafür nicht stark genug entwickelt. Sein neues Buch hatte noch keinen Titel. Es hatte auch noch kein Thema, keinen Stoff, es war nichts weiter als eine vollkommen abstrakte Aufgabe, die sich ihm jeden Morgen aufs Neue stellte, sobald er sich an diesen Schreibtisch setzte.

Auch an diesem Tag wieder mühte er sich an einer Anfangsszene ab, die nur eine vorläufige Anfangsszene sein sollte, und ihm umso weniger einleuchtete, je länger er an ihr herumformulierte. Im Verlauf der ein oder zwei Stunden, die er mit dieser ihm mehr und mehr sinnlos erscheinenden Tätigkeit verbrachte, brach sein künstlerisches Selbstbewusstsein vollständig in sich zusammen, bevor er entnervt aufgab.

Wäre er ein Schriftsteller, der diese Bezeichnung auch nur halbwegs verdiente, sagte er sich, wäre er in der Lage, diese eine Szene zu schreiben. Heute nur diese eine Anfangsszene, mehr nicht. Das gelang ihm aber ganz offenkundig nicht. Während seine Frau einer Arbeit nachging, die sie ausfüllte, in der sie gut war, sogar als Expertin galt, und seine Tochter sich in bewundernswerter Geschwindigkeit mit ihren neuen Lebensumständen arrangierte, saß er hier als wäre er ein Komparse in seinem eigenen Leben, und wenn sie ihn abends fragten, wie sein Tag gelaufen war, musst er ihnen irgendetwas erzählen, das sich so anhörte, als wäre er intensiv mit seinem Manuskript beschäftigt, und schon während er sich dies vorstellte, tat sich eine mächtige Leere in ihm auf, von der er wusste, dass sie stark genug war, ihn mit Haut und Haar zu verschlingen.

In dieser Verfassung angelangt, erschien ihm die Vorstellung, eine Zigarette zu rauchen, mehr als köstlich. Nicht etwa wegen eines damit verbundenen Genusses, sondern wegen des damit verbundenen finalen Beweises seiner Nichtsnutzigkeit. Galt das Rauchen schon in ihrer bisherigen Umgebung als antiquiertes und letztlich unverständliches Laster, so musste in ihrer neuen Umgebung jemand, der raucht, als kompletter Versager erscheinen, so dachte er jedenfalls. Genau dieser Gedanke war es, der den Wunsch, jetzt sofort eine Zigarette zu rauchen, ins Unermessliche wachsen ließ. Er schritt also zur Tat, griff nach Geldbeutel und Autoschlüssel, verließ das Haus, fuhr zur nächsten Tankstelle, kaufte Zigaretten und ein Feuerzeug, fuhr wieder zurück und beschäftigte sich dann mit der Frage, wo er denn nun rauchen sollte. Im Haus war das selbstverständlich unmöglich.

Tatjana und Marie hatten feine Nasen. Zwar rechnete er damit, dass sie erst mehrere Stunden später nach Hause kommen würden, doch es wäre nicht ausgeschlossen, dass sie sie schnuppernd in die Luft hielten, um dann mit Blick auf ihn festzustellen: Hier wurde doch geraucht! Es in dieser an sich schon erniedrigenden Lage auch noch wahrheitswidrig abstreiten zu müssen, hätte seine psychischen Kräfte entschieden überfordert. Es blieb nur, einen Platz im Freien zu finden. Die Sache war nämlich die: So groß das neue Haus auch war, so spärlich waren die Orte verteilt, an denen er wirklich ungestört sein konnte. Die Terrasse schied ebenfalls aus, denn sie war von mehreren Nachbargrundstücken aus einsehbar, und er wollte ganz und gar nicht gesehen werden. Sicher hätte ihm das egal sein können, aber es war ihm eben nicht egal, er wollte heimlich rauchen, beinahe so, als wollte er es vor sich selbst verheimlichen.

Passend erschien ihm eine Ecke hinter dem Gartenhäuschen unter den Eichen am Zaun zum nördlichen Nachbargrundstück, die von zwei Seiten durch eine Thujenhecke geschützt war. Er ging dort hin und versuchte dabei auszusehen, als plane er eine Gartenarbeit. An der Hütte angekommen, setzte er sich auf einen Holzstapel in der Ecke, öffnete die Zigarettenschachtel, sog den ihr entströmenden Parfümgeruch tief ein, nahm eine Zigarette heraus und zündete sie an.

Sollte ein siebenundvierzigjähriger Mann rauchen? Die Frage erübrigte sich. Sollte er es, wenn er es schon nicht lassen konnte, vor seiner elfjährigen Tochter tun? Dito. In ihrem bisherigen Umfeld gab es Leute, die dachten, rauchende Eltern wären an sich schon ein Fall fürs Jugendamt. Auch Tatjana neigte in diesen Dingen zu Übertreibungen, und weil er unerfreulichen Diskussionen entgehen wollte, hatte er, seit seinem letzten fehlgeschlagenen Versuch aufzuhören, ein Rauchverhalten entwickelt, das in etwa dem eines Vierzehnjährigen glich. Hauptregel: Niemals vor anderen Leuten, außer mit einer handverlesenen Gruppe Eingeweihter, die alle genauso dichthalten wie man selber.

Meistens rauchte er also allein und heimlich. Seine Gruppe Eingeweihter waren sogenannte Angehörige des Kulturbetriebs. Sie schienen ihm überhaupt die Letzten zu sein, die noch ungeniert rauchten, bei denen das Rauchen als gewissermaßen sinnstiftende Verhaltensweise überlebt hatte, aber auch das hatte stark nachgelassen, und wann ging er schon noch aus?

Hinter dem Gartenhäuschen, im Thujenheckeneck, zündete er sich nun seine heimliche Zigarette an. Schon durch den ersten, tiefen Zug, den er nahm, gelangte er in einen halbwegs meditativen Zustand. Er war nicht wirklich beruhigt, es war nur die Wirkung des Nikotins, die ihn eine kurze Weile lang sedierte. Aber in diesem Zustand konnte er ein wenig realistischer über seine Arbeit nachdenken. Er sagte sich, er sei zwar kein besonders produktiver Schriftsteller, aber doch immerhin einer, dessen Bücher schon seit geraumer Zeit gedruckt würden und vielleicht keinen großen, aber doch immerhin einen gewissen Erfolg hatten. Das war immerhin mehr, als viele von sich behaupten konnten, aber auch weniger, als viele von sich sagen mussten. Und es war gar nicht ausgeschlossen, dass der große Durchbruch noch kam. Seine Absicht war es, sich zu beruhigen und nach ein, zwei, oder vielleicht auch drei Zigaretten wieder hineinzugehen und zu versuchen an seinem neuen, viel zu großen Schreibtisch weiterzumachen. Was blieb schließlich, außer Tag für Tag weiterzumachen. Diese Überlegungen, falls man das so nennen konnte, wurden von einer Stimme aus dem Off jäh gestört, ja geradezu durchtrennt. Sie erschreckte ihn fürchterlich, obwohl sie freundlich klang. Sie sagte:

»Kleine Auszeit vom neuen Selbst?«

Es war eine männliche Stimme. Nikolai sah dorthin, wo er ihren Besitzer vermutete, und nach einer kurzen Weile entdeckte er, dass die Hecke Löcher hatte, und durch eines von ihnen sah ein Mann vom Nachbargrundstück hindurch, so als hätte die Hecke an dieser Stelle plötzlich ein Gesicht bekommen, das nun zu sprechen anfing.

»Ich kann das gut verstehen. Das Rauchen ist eine

kleine Tändelei mit dem Tod. Wir dürften ungefähr gleich alt sein. In unserer Jugend hätte man gesagt: eine Absage an die herrschenden Verhältnisse. Und den Aseptikern, die Sie nicht zu Unrecht hinter den Mauern dieser Siedlung vermuten, ein Gräuel.«

Nikolai musste lächeln. Der Mann sprach ihm, wie man so sagte, aus dem Herzen, obwohl er es doch gar nicht kennen konnte, Nikolais Herz.

»Sven, übrigens. Sven Hoffmann. Wir können uns gerne duzen.«

»Nikolai«, sagte Nikolai, der gar nicht wusste, ob er ihn duzen wollte.

»Was machst du beruflich, Nikolai? Lass mich raten: Schriftsteller?«

Spätestens in diesem Moment hatte Nikolai zum ersten Mal das Gefühl, das sein Verhältnis zu Hoffmann für immer bestimmen sollte. Das Gefühl, gerade einen Übergriff zu erleben, der auf einer Ebene stattfand, die er nicht richtig zu fassen bekam, und gegen den er sich deshalb nicht wehren konnte. Er versuchte so zu tun, als sei er nicht allzu überrascht, sah aber an Hoffmanns Gesichtsausdruck, dass es ihm nicht gelang. Hoffmann legte nach:

»Ich habe letzte Nacht ein paar Sachen von dir gelesen, und auch deinen Wikipedia-Eintrag. Den hast du eine Agentur schreiben lassen, stimmt's? Finde ich richtig übrigens, kein Problem. Man braucht einen optimalen Auftritt.«

Nikolai nickte und sagte, wiederum lächelnd, so als wisse er Hoffmanns Freimütigkeit zu schätzen: »Ja, das stimmt«, hätte ihn aber eigentlich gerne zurechtgewiesen, ihn gefragt, was ihm einfalle, und so weiter. Aber nichts dergleichen kam ihm über die Lippen, er konnte noch nicht einmal etwas dieser Art denken. Er drückte die Zigarette auf dem Rasen aus und wischte anschließend ein paarmal mit dem Fuß über die Stelle, begleitet von einem höhnischen Auflachen Hoffmanns. Noch bevor Nikolai seine Empörung über ihn artikulieren konnte, sagte er:

»Keine Sorge, ich verrate es deinen Girls nicht. Von mir: Kein Wort!«

Dann zog er seinen Kopf zurück, hinterließ ein Loch in der Hecke und verschwand auf seiner Seite des Grundstücks.

Zuerst glaubte Nikolai, fürchterlich wütend auf ihn zu sein, aber in Wahrheit war er natürlich wütend auf sich selbst. Er allein hatte sich doch in diese blöde Situation gebracht. Auf dem Weg zum Haus dämmerte ihm, dass der Zigarettenstummel in seiner Hand ein ernstes Problem darstellte. Wo sollte der hin? Ihn im Garten verschwinden zu lassen war unmöglich. Tatjana war eine leidenschaftliche Gärtnerin. Irgendwann, irgendwo würde er zwischen ihre Finger geraten, und sie würde ihn Nikolai unter die Nase halten. Sie würde kein Theater machen, aber lustig fände sie es auch nicht. Sie würde etwas sagen wie: »Marie und ich brauchen dich noch. Willst du darauf nicht Rücksicht nehmen?« Was hätte er dem entgegnen können? Die Lösung: Die Kippe in einem Plastikmüllbeutel luftdicht verschließen, diesen in einer Mittellage des

Küchenmülls verstauen, und diesen wiederum zubinden und sofort hinausbringen zur Mülltonne. Dabei einen möglichst beiläufigen Eindruck machen. Anschließend gründlich die Hände waschen. Beinahe so, als habe man eine Leiche entsorgt. Eine »Tändelei mit dem Tod«, was für ein bodenloser Euphemismus.

Nachdem Nikolai dies alles erledigt hatte, setzte er sich wieder an seinen Schreibtisch. Die Grübeleien waren verflogen, jetzt war er mächtig aufgewühlt.

Von Beginn an hatte Nikolai das Gefühl, von diesem Mann zu einem Zweikampf herausgefordert worden zu sein, und ein Zweikampf beginnt heutzutage für gewöhnlich damit, dass man sich gegenseitig googelt. Er, Nikolai, war schon gegoogelt worden. Jetzt musste Sven Hoffmann an die Reihe kommen.

13.

Seit Hoffmann Nikolai im Garten beim Rauchen erwischt hatte, schien er zu glauben, sie beide verbinde ein gemeinsames Geheimnis, das sie zu Komplizen mache.

Nikolai war diese Ansicht alles andere als sympathisch, aber Tatjana war der Meinung, die Hoffmanns seien wichtig, und sie freute sich, dass er mit »Sven«, wie sie ihn nannte, so schnell »warm geworden« sei, wenn sie auch keine Ahnung hatte, worauf diese plötzliche und ja nur vermeintliche Nähe gründete. Die Formulierung »warm geworden« gefiel Nikolai übrigens nicht, und das nicht allein wegen des unfreiwilligen homophoben Kalauers, der in ihr steckte. Er war mit »Sven«, kein bisschen »warm geworden«. Er hatte vielmehr den Eindruck, Hoffmann amüsiere sich über Nikolais lächerliches Verhalten und genoss seine zufällige Mitwisserschaft. Wenn sie sich auf der Straße begegneten, zwinkerte Hoffmann ihm zu und hielt sich Zeige- und Mittelfinger an die Lippen, als frage er ihn, ob er eine mit ihm rauchen wolle.

Nikolai las alles, was er im Netz über Sven Hoffmann finden konnte, und das war gar nicht so wenig, denn Sven Hoffmann war ein prominenter Mann. Keine richtiggehende Berühmtheit, aber doch jemand mit einem Wikipedia-Eintrag, in dem stand, dass sein Vater in den Achtzigerjahren mit der Vermittlung von Waffengeschäften an Saudi-Arabien viel Geld verdient hatte. In den Neunzigerjahren hatte es deshalb Ermittlungsverfahren gegen ihn gegeben, die aber eingestellt wurden. Sein Sohn Sven präsentierte sich auf seiner eigenen aufwendig gemachten Website als »Entrepreneur und Philanthropist« und Gründer eines Instituts. Wenn es Nikolai auch ein Rätsel blieb, worin eigentlich der Gegenstand von Hoffmanns unternehmerischen Aktivitäten genau bestand, vor allem, weil das nirgendwo gesagt wurde, schienen er und seine Mitstreiter sich doch mit den ganz großen Fragen der Menschheit zu beschäftigen. Nikolai scrollte sich durch ihre imposanten Porträts, auf denen sie in einschüchternder Progressivität und Smartness posierten, alle mit einem ähnlichen herausfordernd-klugen Blick in die Kamera, bis er zu Svens Foto kam. Sein Lächeln wirkte in dieser coolen, zukunftsweisenden Umgebung genauso unbeschwert, wie es zuvor aus der Hecke heraus gewirkt hatte.

Sven also: ein reicher Mittvierziger mit todschickem Unternehmen für irgendwas, und mit guter Laune.

Etwa zwei Wochen nach der unfreiwilligen Begegnung am Zaun fanden die Sandmanns eine gedruckte Einladung zu einem Sommerfest der Hoffmanns in ihrem Briefkasten vor, die Tatjana bejubelte. Sie verwendete einen nicht unerheblichen Teil ihrer Freizeit darauf, den Kontakt zu den Nachbarn, zu allen Nachbarn, aufzunehmen, zu vertiefen, an möglichst vielen Orten mit möglichst vielen Menschen ins Gespräch zu kommen. Sosehr Nikolai bewusst war, dass es sich dabei ganz bestimmt um eine sinnvolle und Erfolg versprechende soziale Praxis handelte, so wenig konnte er sich durchringen, dabei mitzumachen.

Nikolai begegnete Hoffmann zum nächsten Mal, als er gerade den Müll rausbrachte. Es war ihm, als wäre er von ihm abgepasst worden, so perfekt war das Timing.

»Hallo, Nachbar!«, rief Sven, der öfter mal einfach auf der Siedlungsstraße herumzustehen schien.

»Ja, hallo«, erwiderte Nikolai, und es klang so, als wolle er es dabei belassen, weswegen Hoffmann eilends näher kam.

»Du hast einen Moment für mich?«

»Ja. Ja, sicher.«

»Ihr habt unsere Einladung bekommen.«

»Ja, vielen Dank, und wir haben auch schon zugesagt.«

»Ich weiß, ja, wie schön. Ich habe noch eine Einladung für dich.«

»Für mich?«

»Ja, nur für dich. Kleine Spritztour mit dir durchs Viertel. Natürlich nur, wenn du Lust hast. Einfach nur so, zum Auflockern und Kennenlernen.«

Was hätte er denn sagen sollen? Selbstverständlich

nahm er die Einladung an, und schon wenige Tage später saß er neben Hoffmann in dessen noch ganz neu riechenden weißen BMW E-Cabrio.

»Wow«, sagte er, als er sich anschnallte.

Hoffmann nickte, zufrieden lächelnd.

»Die Währung, die heute zählt, ist allein: Welchen CO_2-Abdruck hinterlässt ein Fahrzeug über den Lebenszyklus? Dem Klima ist es vollkommen egal, ob einer eine BEV-only, BEV-centric oder technologieoffene Strategie verfolgt. Relevant für den Klimaschutz ist ausschließlich das tatsächlich emittierte CO_2 – und zwar gesamthaft: von den eingesetzten Rohstoffen und Materialien über den industriellen Fertigungsprozess, die aktive Nutzung eines Fahrzeugs bis hin zur Wiederverwertung der Rohstoffe.«

Nikolai wusste nicht so richtig, was er dazu sagen sollte. In der Garageneinfahrt stand ihr Golf Diesel, in der Garage Roses Porsche.

»Was kann ich dir zeigen?«, fragte Hoffmann, so als könne er es kaum erwarten, Nikolai durch die Gegend zu kutschieren. Er hatte beide Hände am Lenkrad, drückte die Ellbogen durch und sah lächelnd nach vorn.

»Oh, ich bin auf alles neugierig. Fahren wir einfach los. Umwege sind willkommen, und du erzählst mir das eine oder andere?«

Hoffmann nickte und fuhr los. Zuerst wollte er wissen, wo die Sandmanns bisher gelebt hatten. Nikolai erzählte von der alten Wohnung, dem alten Viertel.

»Also von den Hipstern zu den Millionären, richtig? Ein schöner Aufstieg. Scheint ja gut zu laufen bei euch!«

Nikolai gab einen Laut von sich, den man als Zustimmung verstehen konnte. Eigentlich hatte er zu einer Erklärung ansetzen wollen; etwa, dass es gar nicht so gut lief bei ihnen, sondern seine Frau einfach ein Vermögen geerbt hatte. Aber er schuldete Hoffmann gar keine Erklärung, dachte er im nächsten Sekundenbruchteil, und außerdem, wie stünde er selbst da, wenn er das sagte? Wie ein Niemand, ein Anhängsel, dachte er.

»Und die Schriftstellerei bringt doch sicher auch jede Menge ein, oder?«

Hoffmann musste genau wissen, dass das nicht stimmte. Zugegeben, Nikolai hatte seinen Wikipedia-Eintrag tatsächlich von einer Agentur frisieren lassen, aber auch der oberflächlichste Leser konnte leicht erkennen, dass er nicht die Art von Erfolg als Schriftsteller hatte, die ihn in die Lage versetzt hätte, eine Villa zu kaufen. Warum tat Hoffmann dann so? Nikolai entschied sich für die Wahrheit:

»Ich verdiene mit dem Schreiben nicht so viel. Das ist nicht der Grund, warum ich es angefangen habe, nicht der Grund, warum ich es mache. Es geht mir da um etwas anderes.«

»Um etwas anderes, hm?«, wiederholte Hoffmann so, als höre er gerade das langweiligste Geständnis aller Zeiten. Nikolai fand, es sei an der Zeit das Thema zu wechseln, und versuchte es mit ein wenig Alltagssoziologie. Er sagte, es genüge von einem Viertel in ein anderes zu ziehen, Luftlinie nicht einmal zehn Kilometer voneinander entfernt, um sich zu fühlen, als sei man auf einer fernen Insel gelandet, mit Bewohnern, deren Gebräuche sich deutlich von jenen der alten Heimat unterschieden. Er wusste darüber eigentlich nur wenig, aber er nahm an, so verhalte es sich. Die Behausungen zum Beispiel sahen hier schon ganz anders aus. Mehrfamilienhäuser gab es hier fast gar nicht.

Hoffmann kündigte an, eine größere Runde drehen zu wollen.

»Wenn du Insel sagst, zeige ich dir den Strand, sozusagen. Das Philosophenviertel ist nur der innerste Kern, das Herzstück des Viertels. Eigentlich ist es ein ganzes Stück größer.«

Er lenkte den Wagen auf eine der Ausfallstraßen stadteinwärts und gab, ganz kurz nur, bis zum Erreichen der erlaubten Höchstgeschwindigkeit Vollgas. Lautlos schwirrte das Cabrio los, die Schwerkraft drückte sie in die ergonomisch perfekt geformten Sitze. Hoffmanns glänzendes, gewelltes, nach hinten gekämmtes Haar blieb in Form. Nur eine einzelne Locke tänzelte auf seiner Stirn. Es war ein Männermoment, fand Nikolai, ein bisschen peinlich auch, und doch lag er sogleich hinter ihnen.

»Tolles Auto«, sagte er zusammenfassend.

»Ja, das ist es«, antwortete Hoffmann, und wechselte das Thema.

»Hier, in diesem Abschnitt werden die Häuser ein bisschen kleiner, und es gibt auch viele Reihenhäuser, und dort, wo wir gleich abbiegen in die Siemensallee, endet unsere Insel. Alles, was jenseits liegt, gehört nicht mehr dazu. Man stelle sich vor, in den Sechzigerjahren hat dieses glanzvolle deutsche Unternehmen hier ein ganzes Stadtviertel erbaut.«

Nikolai sah kurz prüfend zu ihm hinüber. Hoffmann sprach, soweit er erkennen konnte, nicht ironisch.

»Viele der alten Leute, die hier lebten, hatten als ›Siemensianer‹ in den Hochhäusern, die du linker Hand siehst, am deutschen Wirtschaftswunder mitgearbeitet. Nun, die ›Siemensianer‹ sind längst nicht mehr da, ihnen sind sozusagen andere Stämme nachgefolgt. Heute sind Geflüchtete in den Hochhäusern untergebracht. Vor allem Afghanen, Syrer und Senegalesen. Sabine und ich sind im Flüchtlingsrat engagiert. Vielleicht habt ihr ja auch Lust.«

Nikolai bejahte, er fand es gut, dass Hoffmann aufgeschlossen war, wenngleich die Bemerkung über die nachfolgenden Stämme in seinen Ohren merkwürdig geklungen hatte. Und Hoffmann ließ nicht locker:

»Das Flüchtlingsheim in einem ehemaligen Hauptquartier eines deutschen Weltkonzerns, brauchst du noch mehr Symbolik? Kannst du haben!«

Wieder drückte er aufs Gas, und das Elektroauto zischte davon, die Allee entlang, wieder durch Siedlungsstraßen, bis zum Hochufer über dem Fluss.

»Ja, bei uns liegt die Geschichte vor der Haustür. Du weißt selbstverständlich, dass hier einmal der Bundesnachrichtendienst sein Hauptquartier hatte. Außen herum großbürgerliche Idylle, Wohlstand, ruhige

Straßen, dicke Autos – und hinter diesen Mauern, die beinahe wie Klostermauern aussehen, die Dienste. Die waren schon immer da. Vor dem Krieg, im Krieg, nach dem Krieg. Die Nazis haben auf dem Gelände eine Siedlung gebaut. Man darf normalerweise nicht rein, aber ich habe sie schon gesehen. Habe auch meine Verbindungen. Die ›Reichssiedlung Rudolf Heß‹, kein Witz, mit einer riesigen Villa für Martin Bormann und ungefähr zwanzig kleineren Villen drumherum, sehen alle ungefähr gleich aus, architektonisch inspiriert von Goethes Gartenhaus.«

Nikolai hatte über diese Siedlung in der Zeitung gelesen, und auch dass sie eben nicht öffentlich zugänglich war.

»Ich kämpfe im Gemeinderat dafür, dass dieses Gelände aufgelassen wird, dass da frische Luft hineinkommt. Die Bormannvilla könnte ein kleines Museum werden, das die Geschichte des Ortes dokumentiert, und in Goethes Gartenhäuser ziehen Start-ups ein. Vielleicht könntest du dort ja eine Schreibschule eröffnen, zum Beispiel.«

»Ja, ja, gute Idee.«

»Apropos Schreiben. Du machst doch auch Lesungen, nehme ich an, oder?«

»Ja, schon, gelegentlich.«

Nikolai hätte beinahe angesetzt zu erklären, dass Lesungshonorare einen wichtigen Teil seiner Einnahmen darstellten. Er hatte sich noch längst nicht daran gewöhnt, dass das in seinem neuen Leben gar keine Rolle mehr spielte.

»Bei unserem Fest nächste Woche könntest du doch eine Lesung machen. Könntest du dir das vorstellen? Dann lernen dich auch gleich alle kennen, dich und deine Familie.«

Was sprach dagegen? Gar nichts, dennoch veranlasste Nikolais kurze Pause Hoffmann noch hinzuzusetzen:

»Gegen Honorar natürlich.«

»Ja, warum denn nicht. Mache ich gerne!«

Das stimmte nicht. Nikolai behagte die Vorstellung einer solchen Lesung nicht besonders. Aber Nein zu sagen wäre doch wohl sehr unhöflich gewesen, zumal es keinen echten Grund dafür gegeben hätte. Es störte ihn auch gar nicht so sehr die Lesung an sich, sondern der Auftritt, den ihm und seiner Familie das vor ihrer neuen Nachbarschaft bereiten würde. Er hätte sie lieber erst einmal etwas am Rand stehend betrachtet. Die Lesung konnte so verstanden werden, als habe er es dringend nötig, gleich die Bühne zu suchen. Aber nun war es beschlossene Sache.

»Was machst du eigentlich beruflich?«, fragte Nikolai Hoffmann, nachdem er seine Gedanken ein wenig sortiert hatte.

»Nicht schlau geworden aus meiner Website?«

»Nein, nicht so richtig.«

»Okay«, sagte Hoffmann, und nach einer kurzen Pause noch mal »okay«, und wirkte dabei wie jemand, der sich vornahm, nichts Wichtiges zu vergessen, und dann weiter:

»Ich weiß nicht, wie du es siehst, aber ich habe viel

nachgedacht, und ich sehe es so: Zwei Faktoren bestimmen das Schicksal menschlicher Gesellschaften. Welche zwei Faktoren sind das?«

Nikolai zuckte kurz zusammen, weil er dachte, er müsse nun die beiden Faktoren benennen, die das Schicksal menschlicher Gesellschaften bestimmten, und er hatte keine Ahnung, welche von den mindestens zweitausend, die ihm einfielen, nach Hoffmanns Meinung die beiden wichtigsten wären, aber die Frage war glücklicherweise nur rhetorisch gemeint.

»Wissen und Handel«, fuhr Hoffmann fort. »Das sind die zwei. Die Faktoren, um die es geht. Mehr braucht es nicht. Unsere Gesellschaft heute ist besessen von der Idee des Staates. Der Staat soll alles regulieren. Ich bin der Meinung, der Staat soll gar nichts regulieren! Sieh dich an! Ich kenne dich noch nicht lange. Aber nach allem, was ich von dir weiß und von dir sehe, bist du ein vernünftiger Mensch. Du weißt selbst, was am besten für dich ist. Bis auf das Rauchen vielleicht. Ein Fehler. Aber wenn du Fehler machst, kannst du sie korrigieren. Wenn du es kannst, warum soll es dann die Gesellschaft nicht können?«

Nikolai hatte inzwischen schon verstanden, dass diese Fragen nicht dazu da waren, von ihm beantwortet zu werden. Er hatte sich einstweilen auf ein eher sparsames Dauernicken verlegt, das mehr noch als Zustimmung andeuten sollte, dass er angeregt zuhörte. Hoffmann spornte es an.

»Wir haben eine gänzlich verdrehte Vorstellung vom Sozialen. Von Kindesbeinen an werden wir auf einen scheinheiligen Altruismus konditioniert. Fliegst du ab und zu?«

Nikolai setzte sein Dauernicken etwas zu lang fort, dann erst bemerkte er, dass dies nun eine echte, an ihn gerichtete Frage war.

»Na ja, nicht sehr oft, aber doch hin und wieder.«

»Vor jedem Flug demonstrieren die Flugbegleiter, was bei einem Druckabfall zu tun ist: ›Legen Sie zuerst sich selbst die Maske an, helfen Sie dann erst dem Kind neben Ihnen.‹ Den meisten Menschen heute erscheint das unmoralisch. Sie denken, es sei moralisch geboten, zuerst dem Kind zu helfen, sich dann um sich selbst zu kümmern. Bei einem Druckabfall bleiben nur wenige Sekunden bis zur Ohnmacht wegen Sauerstoffmangels. Eine Ohnmacht, die ohne Maske für beide den sicheren Tod bedeutet. Wer zuerst sich selbst die Maske aufsetzt, hat danach genug Zeit, das Kind zu retten. Du verstehst, was ich damit sagen will.«

Nikolai war wieder im Modus des Dauernickens angelangt, obwohl ihm Hoffmanns Gesellschaftstheorie oder was immer das sein sollte, völlig gegen den Strich ging. Hoffmann bemerkte das.

»Klingt kontraintuitiv, ich weiß, ist aber richtig. Du wirst es sehen. Komm mich im Institut besuchen, wir machen dich fit fürs einundzwanzigste Jahrhundert!«

Er lachte und knuffte Nikolai scherzhaft mit der Faust an den Oberarm. Der Ausflug war an sein natürliches Ende gekommen. Sie ließen die Mauern des Geheimdienstes hinter sich und fuhren durch Siedlungsstraßen zurück zum Philosophenviertel. Als sie auf eine Straße ganz in der Nähe ihrer Häuser gelangten, die Nikolai schon von eigenen ersten Erkundungen her kannte, bemerkten sie in einiger Entfernung an einem Gartentor einen Mann, der offenbar stehen geblieben war, um sie anzusehen. Als Nikolai sich sicher war, dass es sich so verhielt, fragte er Hoffmann:

»Kennst du ihn?«

»Den da? Ja, klar, das ist Eversmeyer.«

Sie hatten ihn jetzt beinahe erreicht, Hoffmann lächelte ihm zu und winkte ihm mit hocherhobenem Arm zu. Eversmeyer hob ebenfalls den Arm hoch und zeigte ihnen den Stinkefinger.

Sie fuhren an ihm vorüber, Nikolai sah einen Augenblick lang in das wilde, wütende Gesicht des Mannes, das von langen grauen Haaren und einem ungepflegten Bart umrandet war.

»Hat er …?«, fragte Nikolai.

»Was, hat er? Uns den Stinkefinger gezeigt?«

»Ja. Hat er?«

»Ja, hat er!«

»Aber wieso uns? Er kennt mich doch gar nicht!«

»Stimmt, aber du sitzt mit mir im Auto!«

»Was hat er denn gegen uns?«

»Eigentlich gar nichts. Du wirst ihn kennenlernen, auf der Party. Er ist natürlich eingeladen. Er ist ein Kauz. Ganz ehrlich, ich bin nicht wirklich scharf auf ihn als Gast, aber es war unumgänglich, ihn einzuladen. Sabine meinte, wir hätten ihn schon so oft übergangen, und jetzt sei er einfach an der Reihe.«

14.

Das Personal trug tatsächlich eine Art Uniform: weiße Barjacken mit weißem Hemd und schwarzer Krawatte darunter, Männer wie Frauen. Das Wetter war prächtig und nicht zu heiß, es würde sicher nicht regnen, die Temperatur unter dreißig Grad bleiben. Um vier Uhr nachmittags hatten sich Nikolai, Tatjana und Marie bereits fertig zurechtgemacht und dann beinahe eine Stunde zu Hause hinter verschlossenen Türen gewartet, bevor sie endlich zu den Hoffmanns hinübergingen, um nur ja nicht zu früh zu kommen. Das hatte sich gelohnt, denn der Peinlichkeit, die Ersten zu sein, waren sie damit entkommen, und nun konnten sie sich unter den schon anwesenden Gästen, von denen zumindest Nikolai niemand kannte, akklimatisieren.

Tatjana war es gelungen, mit Sabine Hoffmann ins Gespräch zu kommen, die ihr irgendetwas Organisatorisches über die Gartenparty zu erklären schien. Marie und andere Kinder in ihrem Alter spielten mit Bootsmann, dem Hund der Hoffmanns, im Garten.

Einer der jungen Barmänner servierte Gin Tonics auf einem Silbertablett, das er elegant auf einer Hand schweben ließ. Ein kurzer Blickkontakt mit Nikolai genügte, und er bekam mit einer souverän angedeuteten Verbeugung und einem freundlichen Lächeln ein Glas gereicht. Das aber war ein Missverständnis, denn Nikolai wollte gar keinen Gin.

»Danke, nein, ich muss gleich lesen«, sagte er.

Der junge Mann hatte nicht die leiseste Ahnung, was diese Worte bedeuten mochten, wusste aber auch genau, dass dies nicht zu seinen Aufgaben gehörte. Er nickte, ließ kurz eine Spur von Mitleid erkennen und fand andere Abnehmer.

Die kleine Szene hatte Nikolai dennoch das Gefühl gegeben, sich willkommen zu fühlen, wenn auch nur für einen Moment. Dann bemerkte er, dass es gerade niemanden gab, mit dem er es hätte teilen können. Er ging auf die Terrasse hinaus, an deren Rand er eine stelenartige Bronzefigur erblickte. Seine Kenntnisse über Kunst des zwanzigsten Jahrhunderts waren, durch seine Ehe mit einer Kunsthistorikerin, leicht überdurchschnittlich, aber nicht tiefergehend. Doch einen Giacometti erkannte er, wenn er einen sah, und er wusste auch, dass Giacomettis zwei-, und dreistellige Millionenpreise bei Auktionen erzielten. Und die Hoffmanns hatten so eine Figur, immerhin hüfthoch, einfach so im Garten stehen? Er war noch lange nicht so weit, sich mit seinen eigenen neuen Lebensumständen arrangiert zu haben, aber wenn das hier wirklich ein Giacometti war, und danach sah es aus, dann waren bei den Hoffmanns ganz andere Summen im Spiel, dachte er.

»Ist nicht echt«, sagte eine raue Männerstimme hinter ihm. Nikolai wandte sich um. Er erkannte ihn sofort. Es war der Mann mit den wilden Haaren und dem ungepflegten grauen Rauschebart, der Hoffmann und ihm vor ein paar Tagen den Stinkefinger entgegengestreckt hatte. Den Namen des Mannes hatte sich Nikolai gemerkt: Eversmeyer.

Nikolai hielt ihm die Hand hin.

»Nikolai Sandmann. Ich glaube, wir sind uns kürzlich schon einmal begegnet.«

Eversmeyer winkte ab.

»Äh! Lassen Sie mal. Ich bin kein großer Freund der Händeschüttelei. Was meine Hände so den lieben langen Tag machen, weiß ich. Aber was andere Leute mit ihren so alles treiben? Weiß ich doch nicht!«

»Sven Hoffmann hat Sie als Kauz charakterisiert. Das war wohl eher die freundliche Umschreibung.«

»Hoffmann? Der lügt, wenn er den Mund aufmacht. Da kann er nichts dafür. Ist seine Natur. Sehen Sie, er will, dass Sie denken, da steht ein Giacometti. Ist aber nicht echt. Beziehungsweise schon echt, aber eben kein Giacometti. So dicke haben es dann auch die Hoffmanns nicht. Hätten sie aber natürlich gerne. Nein, diese Figur ist von Jaques Schulz, einem Bildhauer hier aus dem Viertel, schon eine ganze Weile tot. Hat es als Giacometti-Plagiator immerhin zu einer hübschen kleinen Villa gebracht.«

Nikolai empfand einen starken Fluchtreflex. Eversmeyer standen Schweißperlen auf der Stirn, er roch stark nach Alkohol, und zwar eher vom Vortag, seine

Augen schossen hin und her auf der Suche nach einem nächsten Opfer. Nikolai konnte sich hinterher nicht erklären warum, aber in diesem Moment glaubte er, es könnte für ihn von Vorteil sein, ganz offen zu sprechen.

»Ich bin ein bisschen aufgeregt wegen meiner bevorstehenden Lesung.«

»Wegen ihrer bevorstehenden *was*?«, schrie Eversmeyer.

»Die Hoffmanns haben mich eingeladen, etwas aus meinem Roman vorzulesen. Ich glaube, ich muss mich jetzt noch ein wenig sammeln.«

Eversmeyer sah ihn an, als habe Nikolai sich soeben auf geradezu unfassbare Weise bloßgestellt, und brach in schallendes Gelächter aus. Nikolai sah ihn angewidert an. Eversmeyer winkte ab und sagte:

»Sie sollten sich mal nicht mit so einem Scheiß beschäftigen. Romane! Ich erzähl Ihnen später ein paar Geschichten, die Sie sich im Leben nicht ausdenken könnten, und das Tollste an ihnen ist, diese Geschichten drehen sich alle um Sie, und Sie ahnen es noch nicht einmal. Aber jetzt sehen Sie sie sich erst mal ein bisschen um.«

Eversmeyer wandte sich ab und steuerte auf einen der jungen Männer mit Tablett zu, schnappte sich einen Gin Tonic und ging ins Haus. Die Terrassenfenster, große gläserne Schiebetüren, standen offen. Er ging zu einem Grüppchen, in dem auch Hoffmann stand und wurde von ihm freudig begrüßt, was Nikolai Rätsel aufgab.

Während seiner einsamen Tage zu Hause hatte Nikolai herausgefunden, dass es interessantere Ausblicke gab als die von seinem Arbeitszimmer in den Garten. Einmal, als er, anstatt zu schreiben, durchs Haus gestromert war, entdeckte er, dass man von Maries Schreibtisch im ersten Stock einen perfekten Blick auf Einfahrt und Haustür der Hoffmanns hatte. Außer Nikolai interessierte sich für diesen Blick niemand sonderlich, aber er hatte in den letzten Wochen eine ziemliche Ausdauer entwickelt, wenn es darum ging, das Familienleben der Hoffmanns zu beobachten. Es hatte ihn gar nichts Bestimmtes interessiert. Es war eher diese Faszination, die sich im Zoo oder beim Ansehen von Tierfilmen einstellt, wenn man das komplexe Sozialverhalten einer Spezies studiert, der man bisher nicht allzu viel Aufmerksamkeit entgegengebracht hatte.

Mochte sich Hoffmann persönlich und beruflich auch als Visionär geben, der Stil in dem er und seine Familie wohnten war von gelassener Bürgerlichkeit. Das Haus, eine Gründerzeitvilla, war, was den Komfort betraf, auf dem neuesten Stand. Alle Türen und Tore waren auch automatisch zu öffnen, die Doppelgarage bot Platz für beide Elektro-SUVs, im Gerätehaus daneben waren die Maschinen untergebracht, mit denen ein Gärtner, der wöchentlich kam, das Grundstück in Schuss hielt. Es kam und ging auch anderes Personal; und es gab eine Art Haushälterpaar, das, wie es den Anschein hatte, eine Einliegerwohnung im Souterrain des Hauses bewohnte.

Wenn Sabine oder Sven oder beide mit dem Auto nach Hause kamen, führten sie zusammen mit allen anderen, die gerade dabei waren, stets diese kleinen Szenen auf, an denen Nikolai sich kaum sattsehen konnte. Meistens wurden Einkäufe ins Haus gebracht oder Besuche empfangen, etwas wurde geliefert und entgegengenommen. Worum es im Einzelnen ging, beschäftigte Nikolai nur beiläufig, viel mehr interessierte ihn, dass die Hoffmanns bei all diesen Verrichtungen geradezu von einer Aura umgeben schienen. Sabine und Sven ebenso wie ihre Kinder, diese beiden hochgewachsenen, schlanken Wesen mit bronzenem Haar, in lässiger, teurer Freizeitkleidung. Nikolai kamen sie vor, als wären sie Angehörige eines besonders edlen Stammes der Elben, genauso wie die Besucher, die sie empfingen. Er beneidete sie, so als sei er von dem Leben, das sie führten, ausgeschlossen. Ein Leben, dem alles zu gehorchen schien, das sie auf luxuriöse und sehr ansehnliche Weise für sich geregelt hatten, mit dem nötigen Geld natürlich. Dann aber dämmerte ihm, dass er ja nun Teil genau dieses Lebens sein konnte. Tatjanas Erbschaft hatte das möglich gemacht, und sie und Marie machten eilends Fortschritte darin, sich anzupassen. Mehr noch, sie schienen nun endlich die werden zu können, die sie schon immer sein wollten, erlebten ihre neue Umgebung als Ort von Möglichkeiten, von denen sie bisher nur hatten träumen können. Beide erprobten neue soziale Kontakte, und überall wo sie hinkamen, wurden sie freudig begrüßt, weil sie hineinpassten. Für ihn fühlte sich das anders an. War denn das Leben, das sie bisher geführt hatten, wirklich nicht mehr als ein Notbehelf gewesen? Ihre Ansichten über Leute, die er nun von Maries Fenster aus beobachtete, nur vorgeschoben, weil die etwas besaßen, das für sie selbst unerreichbar gewesen war?

Einige dieser Leute erkannte er jetzt im Garten der Hoffmanns wieder; eine Frau zum Beispiel mit langen, glatten blonden Haaren und der Eigenart, die Augen etwas weiter zu öffnen als normal. Sie trug ein T-Shirt auf dem *brutalism* stand. Nikolai überlegte, was das wohl zu bedeuten habe.

Etwas entfernt sah er Frau Dr. von Drach im schwarzen Etuikleid mit einer Frau und einem Mann stehen. Weil sie eine der wenigen Personen war, die er hier kannte, bewegte er sich in ihre Richtung. Im Näherkommen studierte er ihre Gesprächspartner. Es waren einschüchternd gut erhaltene Best Ager, ziemlich sicher ein Paar, beide groß, schlank, jugendliche Figuren, exquisit und doch sportlich gekleidet, blendende Gebisse, bestimmt über siebzig, was aber nur zu erkennen war, wenn man sehr genau hinschaute. Nikolai vermutete, es handle sich um ein Akquisegespräch, einfach, weil er sich gar nicht vorstellen konnte, Frau Dr. von Drach führe andere Gespräche. Sie ließ sich durch Nikolai nicht stören, im Gegenteil, als er bei ihnen angelangt war, bezog sie ihn ganz zwanglos mit ein, indem sie sagte, er sei ja, zumindest mittelbar, auch schon in den Genuss ihrer Künste gekommen. Dann fuhr sie fort:

»Um den Faden wieder aufzunehmen: Wer lange genug in den Abgrund hineinschaut, aus dem schaut der Abgrund hinaus. Das wusste schon Nietzsche. Von mir werden Sie erfahren, wie der Abgrund zu überwinden ist.«

Alle lachten wie über eine köstliche Pointe, auch Nikolai, der höchstens eine Ahnung hatte, wovon die Rede war. Und Frau Dr. von Drach setzte noch eins drauf:

»Meine Testamente sind Brücken über den Abgrund. Sie können sicher sein: Mit ihnen wird Ihr Wille in der Welt fortwirken, unangreifbar.«

Das Paar lauschte ihr begierig, Nikolai nickte, als könne er auch bei kritischster Betrachtung nicht widersprechen, doch es erleichterte ihn, in diesem Moment jemand unvermutet seinen Namen rufen zu hören. Es war Hoffmann, der zu ihnen stieß.

»Ich muss euch Nikolai entführen«, sagte er in die Runde. Und zu Nikolai: »Ich glaube, wir sollten anfangen.«

Hoffmann legte den Arm um Nikolais Schulter und lotste ihn ins Haus. Nach ein paar Schritten ließ er ihn los, drehte sich um und rief in den Garten zu seinen Gästen:

»Es ist Zeit! Nikolai Sandmann liest aus seinem Roman! Kommt alle rein! Es sind Stühle für alle da!«

Als alle saßen, nahm Nikolai am Lesetisch Platz, und Hoffmann hielt eine schwungvolle und launige Einführungsrede, in der er Nikolai sehr zuvorkommend willkommen hieß, ihn einen großartigen Autor nannte, der schon große Erfolge und viele Ehrungen zu verzeichnen habe.

»Ich muss allerdings zugeben«, fuhr er fort, »dass ich von Literatur kaum etwas verstehe und von Nikolai noch nie etwas gelesen habe. Auch nicht den Roman, aus dem er uns jetzt gleich etwas zum Besten geben wird. Aber ihr werdet schon jetzt und spätestens hinterher im Gespräch mit ihm feststellen, dass er ein echt feiner Kerl ist. Tatjana und Marie, das sind seine bewundernswerte Frau und ihre großartige Tochter. Sie alle drei sind seit ein paar Wochen unsere neuen Nachbarn, und wir dachten uns, es könnte schön sein, die Sandmanns auf diese Weise hier bei uns im Viertel einzuführen und willkommen zu heißen!«

Mit einer theatralischen Geste gab er die Bühne frei für Nikolai, der sich geschmeichelt fühlte, sich es aber auch nicht nehmen ließ, scherzhaft zu tadeln, dass Sven seinen Roman nicht gelesen habe, was das Publikum heiter stimmte.

Nikolai beschrieb kurz, wovon sein Roman handelte, einem Mann in einer Lebenskrise, im Unfrieden getrennt von seiner Familie, und las dann eine Passage vor, die schon bei anderen Gelegenheiten gut angekommen war. Sie war komisch, ein bisschen giftig, und sprachlich, wie er fand, ganz gelungen. Es ging darin um eine Scheidung und darum, wie sein Held, der viel zu verlieren hatte, im entscheidenden Gerichtstermin zum Entsetzen seines Anwalts beschließt, auf sehr viel Geld zu verzichten, um endlich allen Streit hinter sich zu lassen und wieder ein freier Mensch zu sein. Das musste die Leute hier doch interessieren, dachte sich Nikolai.

Der Beifall fiel angenehm lebhaft aus. Es hatte den Leuten offenbar besser gefallen, als er zu hoffen gewagt hatte. Er glaubte, es würden nun noch, wie normalerweise bei Lesungen üblich, Fragen aus dem Publikum gestellt. Doch als der Applaus endgültig abgeebbt war, standen die Leute ohne Zögern auf und setzten ihre Unterhaltungen fort. Nikolai hielt es für seine Pflicht, sich nun unter sie zu mischen. Seinen Auftritt schienen die meisten Gäste als Einladung zu verstehen, ihm nun ihrerseits ihre Ansichten und Gedanken zu erläutern. So sah er sich nach und nach in Gespräche über die unterschiedlichsten Gegenstände verwickelt.

Auf der Terrasse hatten sich nun alle Gäste versammelt. Die hübschen jungen Menschen in den weißen Barjacken reichten Getränke. Nikolai stand plötzlich vor einem älteren Paar mit beinahe vollkommen gleichen Frisuren.

»Sind Sie Schweizer?«, fragte ihn der Mann.

»Nein, wieso?«, antwortete Nikolai, etwas überrascht.

»Ach so, es hieß, Sie sind Schweizer.«

»Lass ihn doch, er ist kein Schweizer, das hat er doch jetzt gesagt«, tadelte ihn seine Frau sehr streng.

»Sie müssen meinen Mann entschuldigen, er bringt alles durcheinander«, sagte sie und zog ihn weg.

Tatjana segelte mit halb ausgebreiteten Armen auf Nikolai zu, und er war einen Augenblick lang glücklich darüber. Sie schien schon ordentlich getrunken zu haben.

»Wollen wir zu uns rübergehen?«, flüsterte sie Nikolai ins Ohr.

»Wäre keine schlechte Idee«, flüsterte er zurück.

»Geht aber nicht. Wir müssen hierbleiben. An unserer Position arbeiten. Wir sind schließlich in der Probezeit.«

Nikolai nickte stirnrunzelnd. Er hatte ihre bedeutende Mission keine Sekunde vergessen.

»War die Lesung okay?«, fragte er sie, wieder flüsternd.

»Ja, ich glaube schon.«

Er hatte auf ein Lob gehofft, oder wenigstens auf eine ergiebigere Einschätzung, aber Tatjana schien sich da so wenig sicher wie er selbst.

Da kam eine Frau dazu, die Nikolai nicht kannte. Sie brachte Tatjana ein Glas, die es nahm und dabei zu Nikolai sagte:

»Das ist Jenny. Jenny, das ist mein Mann Nikolai.«

»Hallo, Nikolai. Ich entführ dir jetzt mal deine Frau. Du hast hier ja sicher jede Menge Unterhaltung«, sagte sie mit einer vagen Geste, und weg waren sie. Auch »Jenny« also: kein Wort zu seiner Lesung.

Nikolai versuchte, Blickkontakt mit anderen Gästen aufzunehmen, aber die Leute hier schienen einander bestens zu kennen, und sie waren in derart intensive Gespräche miteinander verwickelt, dass sie ihn gar nicht wahrnahmen. Oder schnitten sie ihn?

Eine elegant gekleidete Frau sprach ihn an.

»Ich wollte Ihnen etwas zu Ihrer Lesung sagen.«

»Oh, ja gerne.«

Die Erste! Nikolai freute sich.

»Das können Sie nicht wissen. Aber was Sie da vorgelesen haben, war sehr verletzend. Sehr, sehr verletzend.«

Nikolai war vollkommen bestürzt.

»Wieso denn das?«

»Die Geschichte hat mich sehr an meine eigene Scheidung erinnert. Zu sehr. Es klang fast so, als hätten Sie sie zum Vorbild genommen.«

»Sie? Nein. Entschuldigen Sie. Aber ich kenne Sie doch gar nicht. Wie hätte ich …!«

Nikolai war irritiert, weil sie offenbar jemand hinter ihm entdeckt hatte.

»Oje, da kommt ja dieser Stinker«, sagte sie, und ließ Nikolai einfach stehen.

Er drehte sich um, sah aber niemand näher kommen.

In diesem Moment hatte er endgültig das Bedürfnis, sich ein wenig zu sammeln, und, ja, verdammt noch mal, eine zu rauchen. Die Leute hier verhielten sich merkwürdig genug, um sich nach einer kurzen Auszeit zu sehnen.

Mittlerweile war es dunkel, und Nikolai ging in den weniger gut beleuchteten Teil des Gartens, in dem keine Gäste herumstanden.

Gerade als er sich eine der beiden in seiner Hosentasche mitgebrachten Zigaretten ansteckte, stand plötzlich Eversmeyer neben ihm.

»Haben Sie auch eine für mich?«

Nikolai überlegte, ob er ihn anlügen sollte. Eigentlich hatte er vorgehabt, an diesem Abend zwei zu rauchen. Eine nach der Lesung und eine später, wenn er etwas getrunken hatte. Aber wie albern war das denn.

»Klar, eine habe ich noch. Hier.«

Er hielt sie Eversmeyer hin.

»Wie auf dem Schulhof«, raunzte er.

Nikolai gab ihm Feuer.

»Was wollte die Alte denn?«

»Wen meinen Sie?«

»Die Alte, die Sie wegen Ihrer Lesung angequatscht hat.«

»Sie hat sich beschwert.«

»Hören Sie nicht auf sie. Sie leidet unter Beziehungswahn. Eine Verrückte. Hier sind viele Verrückte. Vielleicht liegt's am Gastgeber.«

Nikolai hatte das Gefühl, er müsse etwas zu Hoffmans Verteidigung sagen.

»Ist doch ein tolles Fest. Wir sind neu hier und freuen uns, so offen aufgenommen zu werden.«

»Kommt Ihnen das wirklich so vor, ja? Machen Sie sich doch nichts vor. Hoffmann ist ein Nichtsnutz. Und das hier ist eine Versammlung von Nichtsnutzen.«

»Warum sind Sie dann hier?«

»Weil ich auch einer bin. Aber ich gebe es wenigstens zu. Hoffmann kenne ich, seit er ein Kind ist. Seine Eltern haben ihn verhätschelt, haben ihn von vorne bis hinten verzogen. Und sehen Sie, was dabei herausgekommen ist. Ein unglücklicher, anspruchsvoller Edelnarziss, der gar nicht genug kriegen kann von sich selbst. Spielt sich hier auf als großer Philanthropist und Entrepreneur – er liebt solche gestelzten Vokabeln –, aber sein Geld hat er von seinem Vater geerbt, der seinen Sohn für einen Nichtsnutz hielt. Sein Vater, der alte Hoffmann, das war ein Mann! An das große Geld kommt man nicht einfach so. Der alte Hoffmann hatte Mumm. Er begann in den Fünfzigerjahren als Verkäufer in einem Möbelhaus in Köln. Und ein paar Jahrzehnte später, auf dem Höhepunkt seines Schaffens, dirigierte er die Implementierung moderner Währungssysteme in postsowjetischen Autokratien, hochsensible Waffenlieferungen in den Nahen Osten. Er muss ein echtes Naturtalent gewesen sein, ein echtes Verhandlungsgenie. Wenn es zu kompliziert und heikel für alle anderen war, gehörte die Bühne ihm. Ja, der alte Hoffmann verstand sein Handwerk. Und als es getan war, setzte er sich zur Ruhe und verbrachte noch ein paar idyllische Jahre in seiner Villa am Tegernsee, bevor er im Kreis seiner Familie starb. Der alte Hoffmann stand nie vor Gericht, nie vor einem Untersuchungsausschuss. Aber ganz unbescholten kam auch er nicht davon. In unserer Neidgesellschaft kommt keiner ungeschoren davon, der herausragt. Aber ganz egal, was die Leute sagen. Er hat sein Geld legal verdient. Jedenfalls konnte man ihm nie etwas nachweisen. Und sein Sohn? Gibt dieses Geld nicht nur aus, sondern tut noch so, als würde er selbst es verdienen! Durch Weltbeglückung! Es ist der pure Hohn.

Hüten Sie sich vor Sven Hoffmann. Er ist eine Null. Aber gefährlich, wenn er Sie erst mal am Wickel hat.«

Eversmeyer sog erst tief an seiner Zigarette und wurde anschließend von einem fürchterlichen Hustenanfall heimgesucht. Nikolai war die Situation unangenehm. Warum sagte Eversmeyer, was er sagte? Wahrscheinlich gab es irgendwelche Streitigkeiten, die weit zurückreichten. Aber warum sollte Nikolai sich dafür interessieren?

»Sie sollten sie vielleicht ausmachen«, sagte Nikolai.

»Da haben Sie wohl recht«, antwortete Eversmeyer und schnippte die brennende Zigarette in die Dunkelheit. Ein paar Meter weiter sahen sie die Glut im Gras liegen.

»Damit Sie sich nicht zu gut fühlen, mein Freund, kriegen Sie jetzt auch noch was zu hören. Ich habe nichts von Ihnen gelesen. Ist wahrscheinlich auch nicht der Mühe wert, nach dem, was ich vorhin gehört habe. Aber wenn Sie sich als Schriftsteller nützlich machen wollen, dann beginnen Sie, sich für die Wahrheit zu interessieren. Kennen Sie die Geschichte des Hauses, in dem Sie wohnen?«

»Ich denke, ungefähr. Ein bisschen.«

»›Ungefähr, ein bisschen‹, dass ich nicht lache! Sie sollten es dringend herausfinden. Stellen Sie Fragen. Das Haus, in dem Sie wohnen, hat einer jüdischen Familie gehört. Und der Schwiegervater von Tatjanas Tante hat es ihr abgekauft. In einem wirklich für ihn sehr günstigen Moment. Sie können natürlich sagen,

›was geht mich der Schwiegervater der Tante meiner Frau an?‹ Normalerweise würde ich Ihnen recht geben. Aber Sie wohnen in seinem Haus. Na ja, ›seinem‹, das ist wirklich Auslegungssache. Ist das, was ich Ihnen über Hoffmann sage, die Wahrheit, ja oder nein? Sie werden es herausfinden. Was ich Ihnen über Ihr Haus sage. Ist das die Wahrheit, ja oder nein? Sie werden es herausfinden. So, und mit diesen frisch gewonnenen Erkenntnissen lasse ich Sie jetzt erst mal allein.«

Mit einem kleinen, ironischen Abschiedswinken wandte sich Eversmeyer von Nikolai ab und ging zurück zum Haus.

Nikolai war jetzt vollkommen bedient. Was war das für eine eigenartige Versammlung, die Hoffmann da einberufen hatte? Er ließ Eversmeyer ein wenig Vorsprung und folgte ihm. Er wollte Tatjana sehen, die sich wahrscheinlich wie die meisten Gäste jetzt Richtung Wohnzimmer begeben hatte, dessen große, bodentiefe Glasschiebetüren nach wie vor offen standen. Die Sitzgruppen auf der Terrasse waren voll von Leuten, die tranken, lachten, feierten.

Er entdeckte auch Tatjana. Sie stand mit drei Frauen zusammen, zu denen sie gut passte. Er fand tatsächlich, Tatjana sah aus wie die. Er fand es gemein, dass er das dachte. Aber wenn man irgendjemand gefragt hätte, wer von den vieren ist die neu Zugezogene, hätte nicht mehr dafürgesprochen, auf Tatjana zu tippen als auf eine der anderen.

Im Haus nahm die Party Fahrt auf. Die Musik

wurde lauter. Das Tischchen, an dem Nikolai gelesen hatte, wurde zur Seite geräumt, und das ganze Wohnzimmer zur Tanzfläche erklärt. Es dauerte nicht lange, bis ein paar Frauen den Anfang machten, und auf einmal eilten etliche weitere Leute hinein, so als habe sich herumgesprochen, dort sei etwas Wertvolles zu bekommen.

Die Musik wurde noch viel weiter aufgedreht, unsinnig laut, und im gleichen Augenblick schien ein seltsamer Wettbewerb zu beginnen, wer wilder tanzen kann. Eine enorme Energie entlud sich. In der Mitte vollführte Hoffmann verrückte Bocksprünge. Ein paar andere Frauen und Männer taten es ihm gleich. Es sah aus, als strebe ein kultischer Ritus seinem Höhepunkt entgegen.

15.

Kein Mensch rechnet auf einer Party damit, jemand sterben zu sehen. Nikolai zählte auch nicht zu denen, die es gesehen hatten, jedenfalls nicht sofort, als es geschah, sondern erst später auf dem Video, das ausgerechnet Sabine Hoffmann herumschickte.

Der Schock versetzte das ganze Viertel in einen Ausnahmezustand. Alle, die einander auf der Straße begegneten, warfen sich Blicke zu, als verbinde sie ein ganz besonderes Schicksal miteinander, obwohl es doch allein Eversmeyer war, der hatte dran glauben müssen.

Tatjana war auf der Tanzfläche gewesen. Sie hatte gesehen, wie Hoffmann nach einem besonders wilden Tanz etwas zur Seite ging und nach Luft rang, dabei lachte und mit Nebenstehenden feixte, wie jemand, der gerade eine beachtliche sportliche Leistung vollbracht hatte. Als er sich etwas erholt hatte, bewegte er sich in den Hintergrund, wahrscheinlich, um sich ein Getränk zu holen.

Das Nächste, was Tatjana mitbekommen hatte, waren Entsetzenslaute, nicht einmal Schreie. Zu Nikolai sagte sie, es wundere sie im Nachhinein, dass sie so alarmiert darauf reagiert habe, denn sie seien, wegen der lauten Musik, kaum zu hören gewesen. Bedrohlich sei jedenfalls nicht deren Lautstärke gewesen, sondern deren Klang, der Klang tiefer, existenzieller Verzweiflung. Im nächsten Augenblick drehte jemand den Ton ab, und die abrupte Abwesenheit des Lärms machte allen mit einem Schlag klar, dass etwas Gravierendes passiert sein musste. Es gab vereinzelte Rufe, die wie Anordnungen klangen, die Tatjana aber nicht verstand. Wie alle im Raum näherte sie sich dem Ort, von dem sie kamen, und sah, wie alle anderen auch, Hoffmann vornübergebeugt auf dem Boden knien, und erst im nächsten Augenblick erkannte sie, dass er sich über jemanden neigte, der da am Boden lag, nämlich Eversmeyer.

Es war eine Ärztin unter den Gästen, die das Kommando übernahm. Sie schob Hoffmann mit sanftem Nachdruck zur Seite und begann Wiederbelebungsversuche an dem auf dem Rücken liegenden, haarigen, dicken Mann.

Abwechselnd beatmete sie ihn und bearbeitete mit Händen und Knien seinen Brustkorb. Trotz der vielen Menschen war es nun ganz still im Haus, sodass sogar das dumpfe Knacken einer brechenden Rippe zu hören war. Es herrschte eine beinahe konzentrierte Stimmung, so als könne eine allgemeine mentale Anstrengung Eversmeyer wieder zu Bewusstsein bringen. Doch je länger die Ärztin immer wieder die gleichen Handgriffe und Übungen vollführte, desto deutlicher wurde, dass sie keinen Erfolg haben würde. Trotzdem hörte sie nicht auf, weil es bedeutet hätte, Eversmeyers Tod als unabänderliche Tatsache anzuerkennen, und das wollte sie ebenso wenig wie irgendjemand sonst im Raum. Längst hatte jemand den Krankenwagen gerufen, und es dauerte wirklich nur wenige Minuten, bis er da war und Notarzt und Sanitäter die Ärztin erlösten. Der Notarzt untersuchte den Mann, der für ihn nicht Eversmeyer war, sondern einfach nur ein Mann. Ein Mann, der gerade gestorben war. Er und die Sanitäter wechselten bestätigende Blicke untereinander; der Mann war tot. Sie sprachen, so wie es Tatjana vorkam, gar nicht zu jemand bestimmtem, eher in die Runde. In so einem Fall müsse die Polizei geholt werden, sagten sie. Irgendjemand fragte, ob Eversmeyer nicht ins Krankenhaus gebracht werde. Der Notarzt sagte, das sei unmöglich, der Mann sei tot. Sie dürften ihn nirgendwo hinfahren, das müsse ein Bestatter übernehmen.

Nikolai selbst hatte von alldem so gut wie gar nichts gesehen. Er war zu weit weg gewesen, als es geschah, und wollte deshalb jetzt alles wieder und wieder ganz genau von Tatjana hören. Er war erst dazugekommen, als das Warten auf die Polizei und den Bestatter begann.

Es dauerte nicht länger als eine Viertelstunde, bis sie ins Haus kamen, zuerst zwei Streifenpolizisten, wenig später zwei Männer in dunklen Anzügen, die sich im Hintergrund hielten. Die Polizisten versuchten, sich schnell einen Überblick zu verschaffen, sich dabei aber so pietätvoll wie möglich zu verhalten. Und schon eine weitere Viertelstunde später wurde Eversmeyer von den beiden Männern in dunklen Anzügen in einen Zinksarg verladen und abtransportiert.

Obwohl alles eigentlich sehr schnell gegangen war, hatte es unter den Gästen an mehreren Stellen im Raum Krisen und Zusammenbrüche gegeben. Hier schluchzte jemand auf, dort sank jemand, der Ohnmacht nahe, nieder.

Als Polizei und Bestatter weg waren, hielt Sven Hoffmann eine Rede. Er begann einfach, laut in die große Runde zu sprechen:

»Danke. Ich danke euch allen. Es ist fürchterlich, so etwas zu erleben. Wir sollten in dieser Situation nicht zu schnell auseinandergehen. Natürlich muss niemand bleiben, es ist nur ein Angebot an alle, die es möchten: Lasst uns hier zusammenstehen und diesen Moment gemeinsam durchstehen.«

Die jungen Männer in den Barjacketts gingen herum und reichten Mineralwasser und Kaffee. Die Gäste verbanden sich zu kleinen Gruppen, kauerten beieinander, trösteten und umarmten sich.

Als hätte er großen Gefallen an seiner Rolle gefunden, ging Hoffmann von einer zur nächsten, spendete Zuspruch, gab Ratschläge, teilte Einschätzungen und Mutmaßungen.

Es war sehr spätnachts, als Tatjana und Nikolai sich verabschiedeten. Die Kinder hatten wohl mitbekommen, dass etwas Schlimmes geschehen war, den Vorfall selbst aber nicht beobachtet. Sonja, die Kinderfrau der Hoffmanns, war mit ihnen die ganze Zeit über im Keller geblieben, der so groß und geräumig war wie ein zweites Haus. Dort gab es ein Heimkino, in dem sie sich Filme angesehen hatten, und ein Schlafzimmer, in dem sie nun alle zusammen übernachteten. Alle Eltern waren sich einig, die Kinder dort bis morgen beieinander zu lassen.

Nach einer kurzen Nacht waren Tatjana und Nikolai am nächsten Morgen schon früh auf den Beinen, obwohl sie fürchterlich müde waren, waren sie viel zu aufgeregt, um lange zu schlafen.

Beim ersten Kaffee erzählten sie sich, was sie im Lauf des Abends alles in Erfahrung gebracht hatten.

Eversmeyers Vornamen zum Beispiel, Lothar. Und dass er Ende sechzig war, gerne viel trank, und so aussah, als habe er viele Vorerkrankungen. Sie waren sich einig, dass sie das selbst eigentlich gar nicht so sagen konnten. Eversmeyer hatte einen ungepflegten, aufmüpfigen Eindruck gemacht. Ein bisschen absonderlich für einen alten Mann, dem es doch offenbar gut ging. Immerhin gut genug, um in diesem Viertel zu wohnen.

Im Lauf der nächsten Tage lernten sie eine Menge weiterer Details über Eversmeyer dazu. Nikolai weniger als Tatjana, die mit ihren neuen Freundinnen in regem Austausch stand. Sie nutzten alle sozialen Medien und hatten deshalb einen ausgeprägten Sinn für Details. Tatjana rief Nikolai vieles zu, leitete ihm einiges weiter, er registrierte alles auf die ihm eigene, stille Art und versuchte sich ein Bild zu machen.

Lothar Eversmeyer, 68 Jahre alt, multiple Vorerkrankungen, trank wie ein Fisch, fiel auf dem Höhepunkt der Party zuerst dem Gastgeber versöhnungsselig in die Arme und unmittelbar im Anschluss daran tot um.

Herzversagen. Bei dem Zustand und dem Lebenswandel in dem Alter einfach überhaupt kein Wunder. Er hatte in einer prächtigen Villa aus den Dreißigerjahren gewohnt. Sein Großvater war, wie auch sein Vater und er selbst, Architekt, wobei die Leistungsfähigkeit der männlichen Familienmitglieder von Generation zu Generation stark abgenommen zu haben schien. Dem Baustil des Hauses nach zu schließen, hatte sich der Großvater nicht gerade als Systemkritiker hervorgetan, im Gegenteil. Was musste man als Architekt in den Dreißigern gebaut haben, um sich so einen Wohnsitz leisten zu können? Die Autobahnen? Das Reichsparteitagsgelände? Das Internet gab die Antwort. Ein paar größere Verwaltungsbauten in der Innenstadt hatten es schon getan. Nikolai selbst fand das heraus. Wobei »herausfinden« vermuten ließe, es sei irgendwie schwierig gewesen. Aber es genügte, »Eversmeyer Architekt« in die Suchleiste einzugeben. Lediglich bei der Durchsicht der Ergebnisse war eine gewisse Ausdauer erforderlich, dann fand man alles. Auf einer Seite, welche die NS-Architektur der Stadt dokumentierte, wurde Severin Eversmeyer als Architekt und Baumeister einiger Bürogebäude im Stil der Zeit genannt. Lothar Eversmeyer hatte eine eigene Website unterhalten und dort sogar selbst auf diese architekturhistorische Seite verlinkt. Der Großvater mag nicht als großer Künstler gegolten haben, aber seine Honorare mussten beträchtlich gewesen sein, sonst hätte er sich diese Villa nicht bauen können. Dafür brauchte man auch schon in den Dreißigerjahren viel Geld.

Eversmeyers Vater hingegen, Severin junior, hatte keine Spuren hinterlassen, bis auf ein Atelierhaus im Garten, dessen kümmerlicher Modernismus eher bestürzend wirkte. Doch man konnte ihm immerhin zugutehalten, das Familienanwesen erhalten zu haben.

Seit Lothar Eversmeyer selbst es in Besitz genommen hatte, war es Jahr um Jahr schlimmer heruntergekommen. Der Garten war vollkommen eingewachsen. Zwischen den Bäumen wucherten Schlingpflanzen, die Wiesen um das Haus herum standen kniehoch. Das Dach der Garage war von einem herabgefallenen Ast durchbohrt, der immer noch darin steckte. Weil er sie für sein Auto nicht mehr nutzen konnte, verwendete er sie seit Jahren als Rumpelkammer. Eversmeyer lebte allein. Er soll einmal verheiratet gewesen sein. Aber das musste lange her gewesen sein.

Sein Grundstück galt in der Siedlung vielleicht nicht als Schandfleck; selbstverständlich stand es jedem frei, sein Hab und Gut verkommen zu lassen, aber schade war es doch. Und leider auch nicht ganz ungewöhnlich. Immer wieder gab es solche Fälle. Grundstücke, die sich in Niemandsland, in Kriegsgebiete, in Protestzonen verwandelten. Die Folgen glichen sich. Die Häuser verwahrlosten, verfielen gar, die Gärten verwilderten. Die Konflikte dahinter waren ganz unterschiedlich. Trennungen, Scheidungen, Erbstreitigkeiten, oder, wie bei Eversmeyer, so eine bestimmte Form von aggressiver Eigenbrötelei, deren eigentliche Ursache niemand kannte. Im Ganzen gesehen waren derlei Entwicklungen eher selten, weshalb man sie, völlig zutreffend, als unglückliche Ausnahmen, nicht etwa als Symptome betrachtete. Niemand in der Nachbarschaft reagierte deshalb mit kleinkarierter Verachtung darauf. Allen war nur zu bewusst, dass es eines Tages auch sie selbst oder ihre Nachkommen treffen konnte.

Eversmeyer war also keineswegs geächtet, auch wenn er in der Hierarchie der Gemeinschaft keinen allzu hohen Rang einnahm. Niemand zog in Zweifel, dass er dazugehörte, auch wenn er eine besondere Rolle spielte. Die des etwas Abseitsstehenden, der es sich erlauben konnte, schonungslose Wahrheiten auszusprechen.

Es gab auch Hinweise auf »Meinungsverschiedenheiten« zwischen Hoffmann und Eversmeyer, »die Vergangenheit« betreffend. Nikolai hatte, nachdem, was Eversmeyer Minuten vor seinem Tod zu ihm gesagt hatte, Vermutungen, worum es dabei ging. Näheres erzählte jedoch niemand darüber.

Dann kam das Video. Sabine hatte es aufgenommen, und ein paar Tage später geteilt, auch mit den Sandmanns.

Nikolai konnte nicht aufhören, es sich anzusehen, und er wunderte sich darüber, dass Sabine es überhaupt verschickt hatte. Was bezweckte sie damit? Und was war schon darauf zu sehen?

Oberflächlich betrachtet war es ein Partyvideo, auf dem man zuerst die Tanzfläche sieht, laute Musik, rhythmisches Gedränge, ausgelassenes Geschrei, Gelächter, eine ganze Weile lang. Dann hält die Kamera auf den wie außer sich herumhüpfenden Hoffmann, der irgendwann abbricht, sich unter die Leute am Rand mischt und wie ein Läufer hinter der Ziellinie die Hände auf die Knie stützt und nach Luft ringt. In diesem Moment kommt Eversmeyer ins Bild und fällt Hoffmann um den Hals, als wolle er ihm überschwänglich gratulieren. Hoffmann richtet sich auf, er legt Eversmeyer den Arm um die Schulter wie einem alten Freund, wendet sich ab von der Tanzfläche und entfernt sich mit ihm einige Schritte. Und plötzlich der Moment, in dem Eversmeyer Hoffmann voll und ganz um den Hals fällt, was beinahe aussieht wie eine Geste des Begehrens und von den Umstehenden zuerst für einen Witz gehalten wird, während andere sich angewidert entfernen, wahrscheinlich, weil sie denken, Eversmeyer wäre besoffen. Doch als er zu Boden sinkt und sich der Gastgeber über ihn beugt, wird allen, die die Szene mitbekommen, schnell klar, dass hier irgendetwas überhaupt nicht stimmt.

Hoffmann richtet sich über dem am Boden liegenden Eversmeyer auf und ruft etwas, es bleibt unverständlich. Und dann ruft eine Frau, wahrscheinlich die filmende Sabine: »O mein Gott!« Daraufhin kreischen nacheinander eine ganze Reihe weiterer Frauenstimmen »O mein Gott!« Jeder dieser Schreie schließt an den vorhergehenden an, und sie bilden eine Kette, die schnell zur Gewissheit werden lässt, was zuerst nur eine Befürchtung war:

Eversmeyer war tot.

16.

Selbstverständlich gab es niemanden in der Siedlung, den dieses Ereignis nicht bestürzt hätte, unabhängig davon, wie man zu dem Verstorbenen gestanden haben mochte. Aber Nikolai glaubte, auf besondere Weise davon betroffen zu sein.

Ihm war, als würde er vor den Teilen eines ungewöhnlichen Puzzles sitzen. Vor einer kryptischen Nachricht, die ihm eine schreckliche Wahrheit offenbaren würde, wenn es ihm nur gelänge, sie zu entziffern, die Zusammenhänge zu erkennen und richtig zu deuten. Und auch wenn ihm klar war, dass das etwas verrückt klang, er war sicher, diese kryptische Nachricht war für ihn bestimmt. Er wollte alles versuchen, sie zu entschlüsseln.

Er hatte keinen Plan, doch zuerst, dachte er, sollte er versuchen, mehr über die Hoffmanns herauszufinden. Er rätselte über ihre Verbindung zu Eversmeyer. War das eine Feindschaft gewesen? Hatten sie, über das hinaus, was Eversmeyer Nikolai berichtet hatte, ein Geheimnis geteilt?

Einerseits war da diese unverhohlene Verachtung

füreinander gewesen, andererseits eine seltsame Vertrautheit.

Tagsüber, wenn Marie in der Schule, Tatjana im Museum war, nahm Nikolai seine Observationen der Hoffmanns vom Zimmerfenster seiner Tochter aus wieder auf. Er fand dabei nichts heraus, was er nicht schon wusste. Einmal aber glaubte er, Sven habe ihn gesehen. Jedenfalls fiel Svens Blick, als er dort unten in der Einfahrt vor seinem Haus stand, mit seiner Frau scherzte und den Kofferraum ihres Wagens entlud, hinauf in Nikolais Richtung und verharrte dort eine Weile, so als sei er sich nicht ganz sicher mit seiner Entdeckung. Nikolai war entsetzt und blieb reglos. Er hoffte, die Scheiben würden spiegeln und ihn nicht verraten, wenn er sich nicht bewegte. Es schien ihm, Hoffmanns Augen verengten sich wie bei jemand, der irgendwo genauer hinsieht. Dann nickte er, fast unmerklich, eine an ihn selbst gerichtete Geste, die wohl bedeutete, sein Verdacht habe sich bestätigt.

Ein paar Tage später klingelte Hoffmann vormittags ungefähr um zehn an der Tür. Nikolai war wieder allein zu Hause und fürchtete, Sven würde ihn zur Rede stellen wollen.

»Komme ich ungelegen?«, fragte Sven.

»Nein, überhaupt nicht«, antwortete Nikolai.

»Du wirkst so, als hätte ich dich gerade mitten aus einer Arbeit gerissen.«

»Nein, nur das Übliche. Schreiben.«

»Klar, klar. Ich komme mit einer nicht ganz alltäglichen Bitte zu dir.«

Nikolais Fantasie schoss in alle Richtungen gleichzeitig davon. Was konnte sich hinter dieser Formulierung verbergen? Sven erlöste ihn schnell.

»Nichts Dramatisches, keine Sorge. Drama hatten wir in letzter Zeit ja wohl genug. Wir verreisen für zwei Wochen, und ich wollte dich fragen, ob du bei uns im Haus ab und zu mal nach dem Rechten sehen kannst.«

Diese Bitte war so viel unproblematischer als alles, was Nikolai sich vorgestellt hatte, dass er schon deshalb sofort zusagte.

»Es ist mir etwas peinlich, dich zu fragen. Ich weiß natürlich, dass du viel zu tun hast. Aber du arbeitest zu Hause, und da dachte ich, es würde dir vielleicht keine allzu großen Umstände machen«, führte Sven aus.

»Vollkommen richtig. Überhaupt kein Problem. So was von selbstverständlich«, Nikolai wollte jeden nur möglichen Zweifel an seiner Bereitwilligkeit im Keim zerstören.

Sie gingen gleich hinüber zu den Hoffmanns.

Sven machte Nikolai mit der Alarmanlage vertraut. Einerseits war das nicht ganz trivial, andererseits ärgerte sich Nikolai ein bisschen, dass er den Vorgang so langsam und eindringlich erklärt bekam, als wäre er schwer von Begriff.

»Bevor wir abreisen, stelle ich sie scharf«, sagte Sven.

Nikolai nickte mit Bedacht und nur einmal, um zu signalisieren, dass er den Ernst der Lage begriffen habe. Das Wort »scharf« senkte sich in sein Bewusstsein. Sven überreichte ihm den Schlüssel, der, zusammen mit einem zweiten, an einem runzeligen dunkelbraunen Ledermäppchen hing.

»Der andere ist für das Gartentor. Das funktioniert ganz normal«, sagte Sven.

»Die Technik ist so programmiert, dass während unserer Abwesenheit im Haus immer wieder zu unterschiedlichen Zeiten Lichter an- und ausgehen, so als wäre jemand da. Der Gärtner kommt zum Gießen drinnen und draußen. Du musst dich um gar nichts kümmern. Uns ist nur wichtig, dass du ein-, zweimal gut sichtbar die Haustür aufschließt und ein bisschen Zeit im Haus verbringst. Setz dich ins Wohnzimmer und lies etwas oder sieh ein bisschen fern. Es gibt immer wieder Fälle, in denen Einbrecher ausspähen, wann jemand nicht zu Hause ist. Wenn sie beobachten, dass ein Nachbar den Schlüssel hat, verziehen sie sich. Wir machen das selbstverständlich auch gerne für euch, wenn ihr mal verreist. Habt ihr eigentlich eine Alarmanlage?«

Sie hatten keine, was Nikolai nun vorkam wie sträflicher Leichtsinn.

»Schafft euch eine an, rate ich euch. Ich weiß eine gute Firma, die euch da hilft.«

Tatjana freute sich, als sie hörte, Sven habe Nikolai um einen Gefallen gebeten.

»Ist ja keine große Sache«, sagte Nikolai.

»Man nennt es gute Nachbarschaft«, erwiderte sie.

Eine Woche später, an einem Vormittag, war es so weit und Nikolai ging hinüber.

Vor dem Gartentor der Hoffmanns blieb er kurz stehen. Falls ihn jemand beobachtete, sollte er jetzt Gelegenheit haben zu erkennen, dass nichts Verdächtiges an ihm war. Nikolai zog das runzelige Ledermäppchen aus der Tasche, schloss auf und betrat das Grundstück, ein bisschen übertrieben gemächlich.

»Scharf.« Er erinnerte sich an dieses Wort. Sven hatte es mit militärischer Entschlossenheit ausgesprochen. Er ermahnte sich zur Konzentration und deaktivierte die Alarmanlage. Es gelang ihm ohne Weiteres, und er sperrte die Haustür auf. Na also, dachte er, wäre ja wohl auch gelacht.

Sven hatte ihn gebeten, einfach nur durch alle Räume zu gehen und sich umzusehen. Ein bisschen Zeit im Haus zu verbringen, nachzusehen, ob ihm irgendetwas auffiel. Fein. Einfach nur herumgehen und schauen.

Das Haus der Hoffmanns war prächtig. Noch einmal auf einem anderen Level als ihr eigenes. Tatjana geriet immer ins Schwärmen, wenn sie davon sprach.

»Überall dort, wo man das Normale, Praktische erwartete, findet sich dort das Außergewöhnliche, Besondere«, sagte sie. »Die Möbel, die Vorhänge, die Bilder, die Dekoration, alles exquisit und doch modern, lässig. Alles scheint sagen zu wollen: ›Ja, wir sind wirklich reich, und wir haben Stil und Geschmack und genug, mit dieser an sich schon beeindruckenden Tatsache auf ebensolche Weise umzugehen.‹«

Nikolai ärgerte sich jedes Mal, wenn Tatjana so sprach; so als sehe sie auf zu den Hoffmanns. Warum tat sie das? Sie waren sich doch wirklich einig, dass es im Leben um andere Dinge ging.

Er stieg in den ersten Stock, wo sich die Schlafzimmer befanden, und sah in jedes von ihnen. Alle Fenster waren geschlossen. Keine Unordnung, nirgends. Keine Auffälligkeiten. So sollte es sein. Gehörte es zu seiner Aufgabe, jedes Fenster einzeln zu kontrollieren? Einige von ihnen konnten nur elektronisch geöffnet und geschlossen werden, und die Rollläden richteten sich automatisch nach dem Sonnenstand. Nikolai entschied, er würde nichts anrühren, womöglich brächte er damit die ganze Haustechnik durcheinander. Wenn ihm ein solcher Fehler unterliefe, wäre das Tatjana sehr peinlich, und sie wäre arg enttäuscht von ihm. Er ging wieder hinunter. Ganz hinunter, in den Keller, und knipste, als er dort ankam, das Licht an. Der Keller hatte die gleiche Grundfläche wie das ganze Haus. Tischtennisplatte, Fitnessraum mit Hantelbank, mehrere Gästezimmer, und, die Krönung des Ganzen, ein geräumiges Schwimmbad mit Sauna und Spa. Sven hatte schon öfter gesagt, sie sollten doch einmal zu einem Indoor-Badetag vorbeikommen, aber es hatte sich noch nicht ergeben. Er hätte bestimmt nichts dagegen gehabt, wenn Nikolai jetzt ein paar Bahnen gezogen hätte, aber er hätte sich nicht wohl dabei gefühlt. Er ging wieder hoch ins Parterre. Wohnzimmer, die beiden Arbeitszimmer, die Bäder und Toiletten, alles in Ordnung.

In der Küche fiel sein Blick auf ein großes Einmachglas, das auf dem Fensterbrett über der Arbeitsfläche stand. Er trat näher, um zu sehen, womit es gefüllt war. Es war randvoll mit Streichholzpackungen. Das interessierte ihn. Er nahm es mit beiden Händen herunter, öffnete den Schnappverschluss und klappte den Deckel auf. Lauter unterschiedliche Packungen von Restaurants, Hotels. Aus allen Ländern der Welt, wie es aussah. Er griff hinein, kramte ein bisschen, nahm einige Packungen heraus: USA, Kanada, Mexiko, Israel, Indonesien, Iran, Finnland, Frankreich. Du meine Güte, dachte er. Sven, der Geschäftsmann, international unterwegs, und auch der Rest der Familie bereiste den Globus. Sie erzählten ja immer gerne davon, wo sie gerade wieder gewesen waren. Ein kleines Familienritual, an dem sie alle festhielten. Es war ihnen wichtig. Wenn ihnen, irgendwo auf der Welt, eine Streichholzschachtel in die Hände geriet, nahmen sie sie mit nach Hause. Vielleicht fragten sie sogar ausdrücklich danach, wenn sie in einem Luxusrestaurant in Paris, London oder Zürich saßen. Er kramte ein bisschen mit dem Zeigefinger im Glas, auf der Suche nach Interessantem. Ein elegantes, weiß glänzendes Schächtelchen mit silbernen arabischen Schriftzeichen darauf, gab es sogar dreimal. Die lateinische Beschriftung konnte er lesen: Al Faisaliyah Center, The Globe, Riad.

Einen Moment lang sah Nikolai Sven an einem prunkvoll gedeckten Tisch sitzen, zusammen mit anderen westlich gekleideten Geschäftsleuten und weiß gewandeten Scheichs. Was er da wohl zu tun gehabt hatte? War es das, wovon Eversmeyer gesprochen hatte?

Er warf das Schächtelchen zurück ins Glas, verschloss es wieder und stellte es zurück auf seinen Platz. Zeit zu gehen, dachte er und machte sich auf den Weg zurück zur Haustür, und dabei sah er sie: die Nannycam, die über der Küchentür an der Decke hing.

Guter Gott, dachte er. Das war doch klar. Das ganze Haus war wahrscheinlich voll von diesen Dingern. Dass er daran nicht gedacht hatte! Vielleicht saß Hoffmann gerade irgendwo auf der Welt vor seinem Laptop und grinste sich einen, während er Nikolai beim Schnüffeln in seiner Küche beobachtete.

Erst als er wieder zu Hause war, ergriff die Scham ganz und gar Besitz von ihm. Zwar sagte er sich, es sei doch nur eine Bagatelle gewesen, eine verzeihliche Neugier, nichts weiter. Aber die Wahrheit, das wusste er nur zu gut, war eine andere. Er hatte sich erniedrigt, klein gemacht, und es kam ihm so vor, als habe Hoffmann nun etwas gegen ihn in der Hand.

Immerhin aber hatten die Streichholzschachteln einen weiteren Beweis gebracht, dass Eversmeyer recht gehabt hatte. Es gab Verbindungen von Sven nach Saudi-Arabien. Während Nikolai dies dachte, dachte er zugleich, dass es vollkommen verrückt war, von drei Streichholzschachteln aus Riad auf die Beteiligung an illegalen Waffenlieferungen zu schließen. Sollte Eversmeyer aber recht gehabt haben, war Sven vielleicht gar nicht grinsend an seinem Laptop gesessen, sondern wusste nun, dass Nikolai ihm auf der Spur war. Wenn Hoffmann ein Waffenschieber war, würde er Mittel und Wege haben, einen Dilettanten wie ihn davon abzuhalten, seine Kreise zu stören. Was immer das heißen mochte.

Den Rest erledigten schlechte Träume. Während Nikolai nachts um drei wach lag, schien ihm beim Anblick des fahlen, durch die Vorhänge gebrochenen Lichts an der Zimmerdecke vollkommen logisch, dass Hoffmann ihn töten werde, weil er zum Mitwisser seines Geheimnisses geworden war.

Er stahl sich leise aus dem Bett und ging hinunter ins Arbeitszimmer. Der Orgonakkumulator stand vor dem Fenster im Mondlicht wie eine Verheißung. Nikolai setzte sich hinein und wartete bis zum Morgen darauf, mit Eversmeyer in Kontakt zu treten. Er erinnerte sich an seine Begegnungen mit ihm, rief sich ins Gedächtnis, was Eversmeyer gesagt hatte, versuchte zu meditieren, lauschte. Er hörte die nächtliche Stille des Hauses. Er stellte sich vor, wie Tante Rose plötzlich die Stimme ihres verstorbenen Mannes gehört haben mochte. Nicht wie die Stimme eines anderen Menschen, sondern wie ein Gemurmel, das aus ihr selbst aufstieg. Rose war in tiefer Trauer gewesen. Nikolai hatte auf Eversmeyer immer nur befremdet oder erschrocken reagiert. Vielleicht waren sie einander emotional einfach nicht nah genug. Er blieb sitzen bis zum Sonnenaufgang, doch es geschah nichts, was er auch nur im Entferntesten als Kontaktaufnahme hätte deuten können.

Als es hell wurde, schlich er müde in die Küche und bereitete das Frühstück. Später, als Marie und Tatjana aus dem Haus waren, versuchte er, die Sache, hoffentlich erfolgreicher, von der Lichtseite her anzugehen. Die nächsten Tage verbrachte er mit Recherchen. Es schien, als habe Eversmeyer ihm in ihrer einzigen je miteinander geführten Unterhaltung ein Vermächtnis aufgetragen, das er nun zu erfüllen hatte. Obwohl er den Mann gar nicht gekannt hatte, fühlte er sich ihm deshalb nun auf besondere Weise verbunden.

Eversmeyer hatte sich gegeben, als spreche er Wahrheiten aus; unangenehme, verletzende, bittere Wahrheiten. Die eine Hoffmann betreffend, die andere Nikolai selbst und seine Familie. Genau genommen eigentlich Tatjanas Familie, aber es war offenkundig, dass er da mit drin hing. In beiden Fällen ging es um Besitz, Moral, Anmaßung. Was machte diesen verlotterten Mann, der ganz offenkundig zornig und verbittert war, zum Experten in diesen Dingen? Dass er unmittelbar nachdem er sie ausgesprochen hatte gestorben war, schien ihn jedenfalls auf unwiderlegliche Weise zu bekräftigen.

Nikolai verspürte zunächst wenig Lust, sich damit auseinanderzusetzen, doch immer wieder kämpfte sich eine Frage in sein Bewusstsein zurück, die er zunächst als unsinnig verwarf. Was wäre eigentlich, wenn zwischen dem Aussprechen dieser Urteile und seinem Tod nicht nur ein zeitlicher Zusammenhang bestand? Der Gedanke war absurd, und doch kehrte er immer wieder. Sabine zum Beispiel. Warum hatte sie ihm dieses Video geschickt? Er war nicht der Einzige gewesen, der es von ihr bekommen hatte, es standen noch ein paar andere Leute im Verteiler, offenbar ihre Vertrauten. Wie war er in diesen erlauchten Kreis aufgerückt? Nikolai nahm an, sie wolle ihm damit, über das Offensichtliche hinaus, irgendetwas sagen, nur was?

Er versuchte, diesen Überlegungen nicht zu viel Raum zu geben, und beschäftigte sich stattdessen mit dem, was Eversmeyer ihm erzählt hatte.

Was er über Hoffmanns Vater gesagt hatte, war im Netz leicht zu finden und für Nikolai auch nichts Neues. Er musste nicht lange suchen, bis er auf einige Artikel über eine lokalpolitische Streitigkeit stieß, die Sven Hoffmann und Eversmeyer auf einer Bürgerversammlung miteinander ausgetragen hatten.

Es ging dabei um Hoffmanns Idee, die er Nikolai skizziert hatte, als sie im Cabrio durch die Siedlung gefahren waren. Das Museum in der Villa Bormann, die Start-up-Unternehmen in der *Reichssiedlung Rudolf Heß*. Goethes Gartenhäuser nicht mehr als unzugängliches Geheimnis, sondern als Orte der Zukunft. Eversmeyer warf Hoffmann in einem langen Artikel Geschichtsvergessenheit und neoliberales Barbarentum vor. Aus den Berichten über die Bürgerversammlung ging nicht so recht hervor, wohin die öffentliche Meinung neigte. Aber immerhin hatte es eine heftige Auseinandersetzung zwischen den beiden über dieses Thema gegeben.

Viel schwieriger war es für Nikolai, sich ein Bild von Tatjanas Familienverhältnissen zu machen. Er wusste zwar einiges darüber, aber nichts deutete auch nur im Entferntesten auf die ziemlich ungeheuerlichen Vorwürfe hin, die Eversmeyer erhoben hatte. Nikolai zog

es einstweilen ganz entschieden vor, nicht mit Tatjana darüber zu reden. Sie würde vermutlich aus allen Wolken fallen, und von da an würde er sich mit der Frage nicht mehr beschäftigen können, ohne in Widerspruch zu ihr zu geraten, was er keinesfalls wollte. Zunächst einmal ging es darum, zu sammeln, was er wusste, und es unter dem Gesichtspunkt von Eversmeyers Anschuldigung neu zu betrachten.
Er fasste zusammen, was er im Lauf der Jahre über die Familienverhältnisse seiner Frau gelernt hatte: Tatjanas Mutter Ingrid war verhältnismäßig jung gestorben, mit dreiundfünfzig. Tatjana war damals zweiundzwanzig gewesen, Tante Rose siebenundvierzig.

Am Tag von Ingrids Beerdigung kam es zum endgültigen Zerwürfnis zwischen Rose und den Hinterbliebenen ihrer Schwester. Was war geschehen? Tatjana hatte Nikolai das alles oft beschrieben: ein warmer Tag im Mai, trocken und sonnig.

Sie war zwei Jahre zuvor aus ihrem Elternhaus ausgezogen, gleich nach dem Abitur, als die beginnende Krankheit Ingrids plötzlich alles veränderte. Eigentlich hatte Tatjana in diesen zwei Jahren vorgehabt, ihr eigenes, erwachsenes Leben zu beginnen. Stattdessen war sie unversehens auf ganz neue Weise so eng mit ihren Eltern zusammengerückt wie noch nie, und in den letzten Wochen vor Ingrids Tod praktisch wieder in ihr Jugendzimmer eingezogen. Mit Holger und dem häuslichen Pflegedienst teilte sie sich die Nachtwachen an Ingrids Bett, doch dem Ende zu half alle Gemeinsamkeit nichts mehr. Je weiter sich ihr Zustand verschlimmerte, desto aberwitziger wurde die Hoffnung, sie könne – vielleicht wirklich durch ein Wunder? – wieder gesund werden, bis sie, in der Morgendämmerung, als Tatjana, mit dem Schlaf kämpfend, bei ihr saß, einfach aufhörte zu atmen.

Tatjana blieb eine Weile bei ihr sitzen und hielt ihr die Hand, bevor sie sich entschloss, Holger zu wecken.

Früh am Morgen erledigten sie die notwendigen Telefonate: Hausarzt, Bestattungsinstitut, Pfarrer. Ingrid war gläubig gewesen.

Nikolai konnte sich seinen Schwiegervater bei der Erfüllung dieser Aufgabe gut vorstellen. Er hatte damals vermutlich nicht viel anders ausgesehen als heute. Ein schlanker, beherrschter Mann, der immer so wirkte, als bereite ihm etwas großen Kummer, den er, wenn überhaupt, nur durch Ordentlichkeit und Akkuratesse in den Griff bekommen konnte.

Die Familie lebte dort, wo Holger jetzt immer noch lebte, in einem dieser Vororte, die in den späten Sechziger- und frühen Siebzigerjahren durch in enormer Geschwindigkeit wachsende Reihenhaussiedlungen völlig aus der Form geraten waren.

Wenn sie ihre Elternhäuser miteinander verglichen, stellten sie mit nicht ganz ungetrübtem Amüsement fest, wie groß die Anzahl der Gemeinsamkeiten war. Sie waren in den Vororten unterschiedlicher Städte aufgewachsen, aber die Grundrisse der Reihenhäuser, in denen sie ihre Kindheit und Jugend erlebt hatten, waren nahezu identisch.

Die meisten Menschen konnten das Wort »Reihenhaus« gar nicht aussprechen, ohne es im nächsten Moment »spießig« nennen zu müssen, und oft genug sind es genau diejenigen, die dieser Sozialisationsform viel zu verdanken haben oder sie zumindest sehr gut kennen. Tatjana und Nikolai wussten, wovon sie sprachen, auch sie hatten diese Phase durchlaufen. Sie dauerte ziemlich genau von der Pubertät bis zum Abitur und fiel mit jener zusammen, in der ihnen ihre Eltern als eine einzige große, nicht enden wollende Katastrophe der Peinlichkeit erschienen. Ihre Väter waren Abteilungsleiter, ihre Jobs bezahlten die Kredite für die Häuser, die ihre Mütter in Ordnung hielten.

Sie rieben sich auf in einem anstrengenden Alltag zwischen Kollegen und Konventionen, um ihre Kinder aufs Gymnasium schicken zu können und etwas zu schaffen.

Nur Rose war völlig anders.

An einem sonnigen Samstag im Mai versammelte sich die Trauergemeinde auf der Kiesfläche vor dem Eingang des Friedhofs, der gestaltet war wie alle diese Friedhöfe: Ein bisschen um Würde und Feierlichkeit bemüht, aber nur mit dem, was die Baustoffhandlungen so hergaben, kostenbewusst und pflegefreundlich.

Tatjana und Holger waren da, einige der Frauen von der Nachbarschaftshilfe, in der sich Ingrid engagiert hatte, Nachbarn, Freunde, dreißig, vierzig Leute, alle wie üblich in Schwarz gekleidet. Sie warteten darauf, sich Richtung Aussegnungshalle in Bewegung zu setzen.

»Typisch«, flüsterte Holger Tatjana zu, und meinte damit die einzige Person, die noch fehlte: Tante Rose.

»Wir warten noch ein wenig. Ingrids Schwester. Sie müsste gleich da sein«, sagte er zu den anderen Trauergästen.

Sie warteten noch eine ganze Weile, und erst als bereits leise Fragen aufkamen, ob nicht ein Teil der Gesellschaft schon vorausgehen könne, kam, mit entsprechendem Motorengeräusch, ein im Sonnenlicht glänzender signaloranger 68er Porsche Targa vorgefahren und parkte direkt vor dem Friedhofstor, und damit vor der gesamten Trauergemeinde.

»Unmöglich«, stöhnte Holger, dem es ohnedies schon schwerfiel, seine Abneigung gegen dieses, wenn auch nur sehr zurückhaltend praktizierte Trauerzeremoniell im Zaum zu halten. Er ertrug es allein um seiner verstorbenen Frau willen, die es sich so gewünscht hatte. Dies aber nun, der Anblick dieses mondänen Sportwagens, der für Ausflüge an die Riviera und nicht zu Vorortfriedhöfen gemacht war, das Aufröhren des Motors, waren Zumutungen, die nur noch durch Tante Rosemaries »Auftritt« überboten wurden, wie Holger das sofort nannte.

»Das war klar, dass die wieder einen Auftritt hinlegt«, sagte er halblaut zu Tatjana, als Rose aus ihrem Wagen stieg.

Rose, damals selbst schon verwitwet, war zur Beisetzung ihrer Schwester ganz in Weiß erschienen. Sie war groß und schlank, eine schöne Frau. Sie trug eine lange, schmal geschnittene Hose aus dem gleichen

Stoff wie das knielange Kleid darüber, ein Salwar Kamiz, den sie wahrscheinlich aus Indien mitgebracht hatte. Dazu weiße Sandalen, aus denen die rot lackierten Fußnägel hervorleuchteten.

»Unmöglich!«, zischte Holger.

Ein Leben lang hatte Rose gegenüber ihrer weniger extrovertierten Schwester keine Gelegenheit ausgelassen, als die Extravagante, Flamboyante zu erscheinen. Selbst jetzt konnte sie sich nicht einfach mal an die paar wenigen Regeln halten, die ihrer toten Schwester wichtig gewesen wären.

Im Gegensatz zu ihrer Erscheinung aber stand ihr Verhalten an diesem Tag. Sie begrüßte Holger nur knapp mit einer Art förmlichen Umarmung, ebenso Tatjana, die sie beinahe ignorierte.

»Groß«, das war alles, was sie zur Begrüßung sagte.

Tatjana verzog das Gesicht, um ihr zu zeigen, was sie von dieser Bemerkung hielt, aber Rose nahm das gar nicht zur Kenntnis, sondern wandte sich Holger zu.

»Wo liegt sie? Ist der Sarg offen?«, fragte sie ihn bestimmt.

»Ach, woher denn«, antwortete Holger, drehte sich weg und ging los Richtung Aussegnungshalle.

Die Trauerfeier wurde tapfer von dem Pfarrer bestritten, der für diese Kirche und drei weitere der umliegenden Gemeinden zuständig war. Er hatte offenbar nicht viel Zeit gehabt, die persönlichen Einzelheiten, die ihm von Tatjana und Holger auf zwei DIN-A4-Seiten aufgeschrieben worden waren, passend in seine vorgefertigten Textbausteine einzuarbeiten. Aber er mühte sich irgendwie durch, und alle waren froh, als dieser Teil überstanden war.

Am sogenannten Leichenschmaus in einem Gasthof in der Nähe nahm Rose schon gar nicht mehr teil. Sie verabschiedete sich, nachdem sie den Friedhof verlassen hatten.

»Du fährst schon?«, fragte Holger, der eigentlich keinen Wert auf ihre Anwesenheit legte, aber ihr doch verdeutlichen wollte, dass er auch die Abreise für vorzeitig und deshalb unangemessen hielt.

»Ich kenne hier niemanden.«

»Ich hätte mich gefreut, wenn du in Schwarz gekommen wärst. Für Ingrid«, sagte Holger nun doch ausdrücklich.

»Du weißt, dass ich seit Rudolfs Tod nichts anderes mehr trage als weiß. Auch eine Farbe der Trauer. Meiner Trauer. Sie schließt Ingrid mit ein. Leb wohl. Du auch, Tatjana.«

Und das war es dann. Holger und Rose sahen sich danach nie wieder. Das war übrigens nicht das Ergebnis eines wütend gefassten Entschlusses, der vermutlich nicht so lange gehalten hätte. Es hatte sich einfach so ergeben, denn es gab auch keine Gründe mehr sich zu treffen. Wann immer die Rede auf Rose kam, sagte Holger ein und dasselbe:

»Diese Frau hat ihr ganzes Leben lang nicht gearbeitet, hat nie etwas anderes getan, als nach ihren Launen zu leben, und hat auf ihre Schwester, die eine pflichtbewusste Frau war, immer herabgeblickt. Und noch nicht einmal an ihrem offenen Grab konnte sie darauf verzichten, sie zu demütigen.«

Tatjana sah die Sache nicht so dramatisch. Aber selbst zaghafte Versuche, Holgers Einschätzung zu relativieren, wurden ihr schnell als Respektlosigkeit ihrer toten Mutter gegenüber ausgelegt. Holgers Meinung stand fest. Und es stand auch fest, dass er nie wieder etwas mit Rose zu tun haben wollte.

Auch über die Hintergründe dieser tiefen Abneigung war Nikolai im Bild.

Ingrid hatte in der Familie immer als das »Mauerblümchen« gegolten. Das war der befremdlich antiquierte Ausdruck, den Tatjana zitierte. Aus der gleichen Sphäre stammte wohl auch die korrespondierende Bezeichnung für Rose, nämlich »Draufgängerin«.

Nicht nur wesensmäßig, auch ihrer körperlichen Erscheinung nach, waren die beiden Schwestern ganz unterschiedlich gewesen: Ingrid eher klein und rundlich, Rose groß und schlank. Ingrids brünette Haare immer kurz und praktisch, Rose hingegen trug schon seit den Sechzigerjahren eine imposante, blonde Mähne.

Wenn Tatjana über ihre Mutter sprach, beschrieb sie sie aber eigentlich gar nicht als »Mauerblümchen«, sondern vielmehr als Frau, die sich, obwohl sie von ihrer eigenen Familie kleingehalten worden war, einen Weg ins Freie gebahnt hatte. Nicht übrigens, ohne deshalb lebenslang ein schlechtes Gewissen gehabt zu haben, insbesondere ihrer eigenen Mutter gegenüber.

Die beiden Schwestern, Rosemarie und Ingrid, hätten, wie man so sagt, unterschiedlicher nicht sein können. Warum hätten sie sich auch ähneln sollen? Ihre Väter waren schließlich auch sehr unterschiedlich.

Als Tatjana in der neunten oder zehnten Klasse zur Aufgabe bekam, mit Verwandten zu sprechen, die den Nationalsozialismus noch erlebt hatten, und darüber anschließend ein Referat zu halten, fragte sie Oma Gertrud, ob sie dazu bereit sei. Oma Gertrud war hin- und hergerissen. Einerseits wollte sie ihrer Enkelin den Wunsch nicht abschlagen, andererseits wollte sie über dieses Thema nicht sprechen, und noch viel weniger wollte sie sich für irgendetwas rechtfertigen müssen. An das Gespräch selbst konnte Tatjana sich gar nicht mehr im Einzelnen erinnern. Oma Gertrud hatte ihr aber, quasi als Erklärung für alles, ein Briefkuvert überreicht, das sie behalten durfte. »Das kannst du dir später mal ansehen«, hatte sie zu Tatjana gesagt, die lange nicht wagte, es zu öffnen. Viel später hatte sie es auch Nikolai einmal gezeigt.

Es war ein feines Exemplar aus eierschalenfarbenem Büttenpapier. »Goldige Aufnahmen« stand in zackiger Füllfederhandschrift darauf geschrieben.

Es enthielt einen bemerkenswerten Satz Atelierfotos im Stil der Vierzigerjahre. Die kleine Ingrid und die kleine Rosemarie, beide hübsch zurechtgemacht. Oma Gertrud, frisiert und beleuchtet wie ein Ufa-Star, mit schmachtendem Blick nach rechts oben. Opa Karl, der von der Front nicht zurückgekommen war, und trotz oder gerade wegen der Wehrmachtsausgehuniform, die er trug, aussah wie jemand, der wusste, dass ihn nichts Gutes erwartet. Auf einem weiteren Foto ein hochgewachsener, selbstbewusst lächelnder Mann. Auch er trug Uniform, aber nicht so, als habe man ihn hineingesteckt. Das war wohl Rosemaries Vater. Und schließlich noch eine Porträtaufnahme von Adolf Hitler. Ein merkwürdiges Foto, wie Nikolai es noch nicht gesehen hatte. Haare und Augen glänzend, so als sei es eigens dazu bestimmt, angeschmachtet zu werden.

Tatjana erzählte, Gertrud habe den Führer, wie sie ihn auch nach dem Krieg der Einfachheit halber noch nannte, mehr als einmal leibhaftig gesehen. Sie hatte als Lehrmädchen im Carlton gearbeitet. Dort sei er regelmäßig zum Tee gewesen. Tatjana schilderte es so, als habe Gertrud die Erinnerung an diese »Begegnungen« wie die größte Kostbarkeit für den Rest ihres Lebens mit sich getragen.

Über Roses Vater wusste Tatjana buchstäblich gar nichts. Alles, was sie besaß, war dieses Foto.

Zwischen Rosemarie und Ingrid hatte es ein auffallend starkes Band geschwisterlicher Solidarität gegeben, das Holger übrigens mit latenter Eifersucht betrachtet hatte, was Tatjana wiederum lange unverständlich geblieben war.

Welches Geheimnis hatte die beiden verbunden? Was machte ihre Verbindung so stark?

Jeder, der Augen im Kopf hatte, konnte sehen, dass die beiden Schwestern arg unterschiedlich waren. Hier die kleinere, rundliche, brünette Ingrid, dort die schlanke, große, blonde Rosemarie, die wann noch mal geboren war? 1947? Na, von dem gefallenen Kriegshelden konnte sie ja dann wohl nicht mehr sein!

Alle Männer, auf die sie sich verlassen hatte, waren aus Gertruds Leben verschwunden. Vielen anderen Frauen ging es ähnlich. Nun war sie allein und musste zwei Kinder aufziehen. Ingrid erinnerte sie täglich an ihren größten Verlust. Rosemarie an ihren größten Fehltritt.

Kein Wunder, dass Rosemarie, so schnell sie konnte, das Weite suchte und nicht nur das Land, den ganzen Kontinent hinter sich ließ.

Holger sah in ihr deshalb immer eine Hochstaplerin.

»Als Kind hieß sie Rosi. Rosi Zissler. Ein ganz normales Mädchen. Aber dann wurde aus ihr: Rose Weiß!«

Er sprach den Namen vornehmtuerisch aus. Allerdings lag für ihn eine gewisse, nur schwer zu ertragende Ironie darin, dass ausgerechnet diejenige in der ganzen Familie, welche sich von allen am wenigstens fürs Geldverdienen interessierte, mit Abstand am meisten davon hatte.

Aber Rose ging es, so vermuteten zumindest Tatjana und Nikolai, gar nicht so sehr darum, etwas Besseres zu sein. Viel wichtiger war ihr, nicht mehr die zu sein, die sie die ersten zwei Jahrzehnte ihres Lebens hatte sein müssen; die triste Enge ihrer Herkunft vergessen zu können.

Umgekehrt interessierte sich Rose natürlich auch

nicht sonderlich für ihren Schwager. Was sollte an ihm interessant sein? Ein verkniffener Angestellter der mittleren Führungsebene. In vielem ein Paradebeispiel für den »Kleinen Mann«, den Wilhelm Reich in seinem Werk so entlarvend beschrieben hatte. So legten sie also beide keinerlei Wert darauf, miteinander in Kontakt zu stehen.

17.

Die Sommerferien waren vorüber, und das neue Schuljahr begann. Maries Einschulung an der katholischen Privatschule wurde mit einem wunderschönen Willkommensfest im Schulgarten begangen, bei dem alle Eltern, alle Kinder die Gelegenheit nutzten, sich wieder zu begegnen oder einander kennenzulernen. Stände, Tische und Büffets wurden aufgebaut, selbst Gebackenes gereicht, es wurde mit selbst gekelterten Säften angestoßen, man wünschte sich und den Kindern gegenseitig Glück, die Lehrerinnen und Lehrer zeigten sich zuvorkommend und aufmerksam.

Schon nach wenigen Wochen wurde deutlich, dass Marie spielend Anschluss zu anderen Mitschülerinnen fand und auch im Unterricht hervorragend Tritt fasste. Die ersten Noten waren vielversprechend.

Tatjana folgte der Einladung einer ihrer neuen Freundinnen aus der Nachbarschaft und übernahm stundenweise Dienste in der nahe gelegenen Flüchtlingsunterkunft.

Da sie weiterhin in Vollzeit ihrem Museumsjob nachging, verbrachte Nikolai sehr viel Zeit alleine im Haus.

Auch er hätte es sich gut gehen lassen können, aber das wollte ihm nicht gelingen.
Er suchte in den Unterlagen Roses nach Beweisen für das, was Eversmeyer behauptet hatte.

Es war keine Detektivarbeit nötig, um zu finden, wonach er suchte. Alles war in ein paar Aktenordnern fein säuberlich dokumentiert, die Tante Rose in ihrem Keller stehen hatte: Gerichtsurteile, Briefe, Urkunden, Zeitungsartikel, Auszüge aus Geschichtsbüchern. Es brauchte nur jemand, der sich die Mühe machte, zu lesen.
Richard Hertz wurde 1880 als Sohn eines Gymnasiallehrers geboren. Zusammen mit seinem zwei Jahre jüngeren Bruder Martin wuchs er in einem fürsorglichen, bildungsbürgerlichen Elternhaus auf. Nach dem Abitur studierte er Medizin und spezialisierte sich auf Kinderheilkunde. Er stieg auf bis zum leitenden Oberarzt einer Kinderklinik, wo er zur anerkannten Koryphäe in der Säuglingsfürsorge wurde. Daneben war er als Schularzt tätig, wo er ein neues System der Schulspeisung entwickelte und finanzierte. Im ersten Weltkrieg diente er als Stabsarzt in einem Feldlazarett. Nach dem Krieg kehrte er in die Kinderklinik zurück und wurde ihr Chefarzt. Er heiratete Julia Benjamin, eine deutlich jüngere Ärztekollegin, und kaufte Mitte der Zwanzigerjahre das Grundstück im Philosophenviertel und beauftragte einen Architekten, die vom Bauhaus inspirierte Villa zu bauen, in der heute die Sandmanns lebten.

1928 zogen die Hertzens in ihr prachtvolles neues

Heim ein. Ihre Ehe blieb ohne Kinder. Im Frühjahr 1933 bekam Richard einen Bescheid von der Stadtverwaltung, mit dem ihm mit sofortiger Wirkung die Leitung der Klinik entzogen wurde. Er konsultierte seinen Bruder Martin, der eine erfolgreiche Anwaltspraxis führte. Er riet Richard davon ab, Einspruch gegen den Bescheid zu erheben. Er hätte keinerlei Aussicht auf Erfolg, würde aber mit Sicherheit dazu führen, dass ihn die neuen Machthaber besonders aufs Korn nähmen.

Richard und Julia Hertz entschlossen sich daraufhin, eine Arztpraxis in ihrem Wohnhaus zu eröffnen. Tatsächlich hatte Richard Hertz ja die Idee gehabt, nach dem Ausscheiden aus dem Klinikdienst eine Privatpraxis in seinem Wohnhaus weiterzuführen, und es deshalb entsprechend bauen lassen; das Wohnzimmer war so konzipiert, dass es auch als Behandlungsraum dienen konnte. Die meisten Menschen wollten jedoch nicht länger von jüdischen Ärzten behandelt werden, und sei es nur, um selbst nicht in Scherereien zu geraten. Auf diese Weise wurde es Jahr für Jahr schwieriger, sich über Wasser zu halten. Noch immer hatten sie die Hoffnung, die Maßnahmen gegen sie könnten aufgehoben werden.

Richard entzweite sich über diese Frage mit seinem Bruder, der sich entschlossen hatte, ins Ausland zu gehen. Sie können nicht jemanden, der sein ganzes Leben lang ein Patriot war, der im Krieg für dieses Land gekämpft hat, dessen Arbeit dem Wohl des Menschen gewidmet ist, um seine Existenz bringen, glaubte Richard.

1938 wurde Julia und ihm die Approbation entzogen, sie konnten von da an ihren Beruf nicht mehr ausüben. Zugleich erhob das Finanzamt eine »Judenvermögensabgabe« in enormer Höhe gegen sie. Richard Hertz nahm allen Mut zusammen und versuchte mit flehentlichen Briefen einen Teilerlass oder wenigstens eine Stundung der horrenden Forderungen zu erwirken, aber das blieb ohne Erfolg. Er erhielt die Mitteilung, dass die Zahlung bis zum Ende des Monats zu erfolgen habe, er ansonsten damit rechnen müsse, in Haft genommen zu werden.

Genau zu diesem Zeitpunkt trat ein Mann namens Hans Schmidt in Kontakt mit den Hertzens und unterbreitete ihnen das Angebot, ihr Haus zu kaufen. Er stand eines Tages einfach vor ihrer Tür und fragte, ob sie daran Interesse hätten. Julia und Richard war klar, dass er seine Informationen wahrscheinlich direkt aus dem Finanzamt erhalten hatte. Sie baten ihn herein, und er blickte sich um, als gehöre alles, was er sah, schon ihm. Die Summe, die er bot, entsprach, was keine Überraschung war, ziemlich genau der Forderung des Finanzamts, aber bei Weitem nicht dem Wert des Hauses. Was sollten die Hertzens tun? Wenn sie nicht verkauften, kamen sie sofort ins Gefängnis. Also machten sie es.

Sie fanden Unterschlupf in einer Anderthalbzimmerwohnung in einem jüdischen Krankenheim. Dort war ihnen die Arbeit als »Krankenbehandler«, ausschließlich an jüdischen Patienten, erlaubt.

Ende 1941 erhielten die Hertzens ihren Deportationsbescheid nach Kaunas. Dort wurden sie sofort nach ihrer Ankunft erschossen.

Martin Hertz war in den späten Dreißigerjahren über die Schweiz und Frankreich die Emigration in die USA gelungen. In den frühen Fünfzigerjahren kehrte er nach Deutschland zurück, eröffnete seine Rechtsanwaltskanzlei wieder und spezialisierte sich auf die Durchsetzung von Restitutionsansprüchen. Unter anderem führte er als Erbe seines Bruders einen Prozess gegen Hans Schmidt, von dem er das Haus im Philosophenviertel zurückforderte. Lange bezweifelte das Gericht, Richard Hertz habe sich in einer Zwangslage befunden, als er sein Haus verkaufte. Auch hielt es den Kaufpreis nicht »zwingend« für zu niedrig. Doch mit enormem Aufwand gelang es Martin Hertz eine Beweislage zu schaffen, die ein Urteil zu seinen Gunsten unumgänglich machte.

Nachdem er die Rückübertragung erwirkt hatte, verkaufte er das Haus sofort weiter. Den Verkaufserlös legte er in eine Stiftung zur Förderung der Kinderheilkunde ein, die den Namen von Richard und Julia trug.

Der Käufer der Villa im Philosophenviertel war Rudolf Weiß senior, der Vater von Tante Roses Ehemann. Rudolf erbte sie nach dessen Tod 1972. Rudolf und Rose kehrten noch im gleichen Jahr aus Kalifornien zurück nach Deutschland und zogen dort ein.

Als Tatjana die Geschichte zu hören bekam, war sie am Boden zerstört. Als Nikolai ihr die Aktenordner zeigte, in denen sie in allen Details aufbewahrt war,

war auch sie verwundert. Wie konnte es sein, dass Geschehnisse, die so genau und vollständig dokumentiert und belegt waren, im Bewusstsein von Menschen, die sie direkt betrafen, keinerlei Rolle spielten? Einfach, weil sie ihnen nicht bekannt waren?

Hatte Tante Rose diese Aktenordner angelegt? Oder Rudolf? Vermutlich eher Rudolf, denn sonst hätte sie doch wenigstens irgendwann einmal eine Bemerkung gemacht.

Den Abschluss der Akten bildete übrigens ein Rechtsgutachten von Frau Dr. von Drach, in dem sie sich mit der Frage weiterer Wiedergutmachungsansprüche der Familie Hertz auseinandersetzte. Zum einen enthielt dieses Gutachten die Information, dass es Nachfahren von Martin Hertz gab, die als Rechtsnachfolger, auch von Richard und Julia Hertz, in Betracht kamen. Martin Hertz wie es schien einzige Enkelin hieß Jessica Bernthal und war Architektin in Los Angeles. Niemand hatte je Kontakt mit ihr aufgenommen. Frau Dr. von Drach riet in ihrem Gutachten auch davon ab, das zu tun. Erstens bestehe dafür keine Notwendigkeit und zweitens sollte man vermeiden, die Enkelin auf Ideen zu bringen. Die Möglichkeit, weitere Ansprüche wegen der Enteignung der Eheleute Hertz durchzusetzen, betrachtete Frau Dr. von Drach als wenig aussichtsreich. Dadurch, dass Martin Hertz in den Fünfzigerjahren die Rückübertragung des Hauses erwirkt und dieses dann veräußert habe, sei die Kausalkette unterbrochen.

Vielleicht war das ein Argument, das rechtliche

Geltung besaß, aber nach Tatjanas und Nikolais Auffassung war überhaupt keine Kausalkette unterbrochen. Sie hatten ein Haus geerbt, das ihnen niemals hätte gehören sollen, und mehr noch, das nur in ihren Besitz gekommen war, weil es zuvor den rechtmäßigen Eigentümern weggenommen worden war.

Konnten sie in einem Haus leben, dessen Erbauer erniedrigt, entrechtet, ermordet worden waren?

Hätte diese Frage nicht sie selbst, sondern eine andere Familie betroffen, etwa die Hoffmanns, wären die Sandmanns sehr schnell zu einem klaren Urteil gekommen. Selbstverständlich konnte man das nicht! Auch wenn es rechtlich keine Handhabe geben mochte, würde es der Respekt vor den Opfern gebieten, eine bessere Lösung zu finden, als einfach darüber zu schweigen.

Wie sollten sie, in wenigen Jahren schon, Marie erklären, in welchem Haus sie da wohnten? Wer dieses Haus gebaut hatte, wem es gehört hatte, und was aus ihnen geworden war?

Was würden sie ihr sagen? »Später wurde das Haus an die Rechtsnachfolger der Eigentümer zurückgegeben. Nicht an die Eigentümer selbst, die waren leider schon umgebracht worden. Der Rechtsnachfolger verkaufte das Haus dann an deinen Urgroßonkel.« War das eine Erklärung für irgendetwas?

Was Eversmeyer gesagt hatte, klebte nun an ihnen, solange sie sich entschlossen, in diesem Haus zu bleiben. Sie lebten in einem Haus, das den jüdischen Eigentümern weggenommen worden war.

Wie einfach es war, das Problem zu beurteilen, wenn man nicht selbst in diesem Haus saß, wenn man es nicht selbst – jawohl – rechtmäßig geerbt hatte.

Das Haus verkaufen und mit dem Geld ein neues kaufen? Löste das Problem nicht. Woher hatte man das Geld? Aus dem Verkauf eines Hauses, das den jüdischen Eigentümern weggenommen worden war. Wenn sie mit den Siemons über dieses Problem sprächen, was würden die zu ihnen sagen? Vermutlich: Ihr seid korrumpiert, das ist alles. Wenn ihr nicht mit dem moralischen Makel leben wollt, dann müsst ihr das Haus zurückgeben, es an eine jüdische Organisation geben oder es verkaufen und die Summe spenden, wobei natürlich auch die Auswahl des richtigen Spendenempfängers eine kaum zur Zufriedenheit aller lösbare Aufgabe wäre.

Euer Problem ist einzig und allein, dass ihr euch berechtigt fühlt, das Haus als eures zu betrachten, weil die Rechtslage das hergibt. Aber euer eigenes moralisches Empfinden sagt euch, dass ihr es dabei nicht belassen könnt. Das würden die Siemons zu ihnen sagen.

Und was würden die Siemons sagen, wenn sie an ihrer Stelle wären? Wenn sie plötzlich in einer Millionenvilla säßen? Wer an so einer Stelle sitzt, sollte nicht mit allzu viel Verständnis rechnen, von niemandem.

Je länger Tatjana und Nikolai über das Thema nachdachten und sprachen – immer nur zu zweit, nie mit jemand anderem, so als handle es sich um ein dunkles Geheimnis –, desto klarer wurde ihnen, dass es nach den Grundsätzen ihrer Moral nur eine einzige passable Lösung gab: das Haus zu verkaufen, das Geld zu spenden, zurückzukehren in ihr früheres Leben.

Wenn sie jedoch weiterdachten, mussten sie zugeben, dass man nur wenig Fantasie benötigte, um die moralischen Einwände gegen ihr jetziges Leben auch gegen das Leben zu richten, das sie früher geführt hatten.

Immer schon waren sie, letztendlich vollkommen unverdient, unfassbar privilegiert gewesen. Dadurch, dass sie auf diesem Kontinent, in diesem Land, in dieser Stadt, zu dieser Zeit, in dieser Gesellschaftsschicht, mit diesem soziokulturellen Hintergrund, mit dieser Hautfarbe, mit diesen persönlichen und charakterlichen Befähigungen geboren waren.

Wenn sich der moralische Makel der unverdienten Privilegien trotz unvergleichlicher historischer Schuld aber als untilgbar erwies, war es dann nicht besser, einen Weg zu finden, mit ihm zu leben?

Noch einmal beschäftigten sie sich mit den Fragen der Wiedergutmachung und des Gedenkens. Wäre es richtig, mit Jessica Bernthal in Los Angeles in Kontakt zu treten, um alles noch einmal neu aufzurollen?

Wie müsste eine Wiedergutmachung, über die es sich zu sprechen lohnte, aussehen? Die einzig wirklich adäquate Kompensation bestünde darin, den Nachfahren der Familie Hertz das Haus zurückzugeben und eine Entschädigung dafür zu bezahlen, dass sie es neunzig Jahre lang nicht nutzen konnten. Und auch damit wäre die Schuld, dass den Menschen, die dieses

Haus gebaut hatten, um in Frieden darin zu leben, zuerst ihr Besitz und dann ihr Leben genommen worden war, nicht gesühnt.

Die Wahrheit war, nichts konnte je wieder gut gemacht werden. Sie unterließen es, Jessica Bernthal zu schreiben. Was außer Krokodilstränen hätten sie ihr anzubieten gehabt?

Auch über übliche Formen des Gedenkens sprachen sie. Sollten sie Stolpersteine vor dem Gartentor anbringen? Eine Wandtafel, die an die Hertzens erinnerte? Sie erwogen es, hielten die Frage offen, konnten sich aber nicht dazu entschließen. Waren das nicht Gesten, die vor allem das Ziel verfolgten, sich selbst besser zu fühlen? Wer hatte denn etwas davon?

Viel mehr beschäftigte sie ein anderer Teil der Wahrheit: Ihr neues Leben war wundervoll. Marie und Tatjana blühten auf, und selbst Nikolai, der sich noch schwertat, machte Fortschritte. Die Annehmlichkeiten des Reichtums, der so unvermutet über sie gekommen war, waren nicht zu leugnen, und warum sollten sie sie auch leugnen?

Sie konnten nicht ungeschehen machen, was geschehen war. War es also nicht das Beste, was sie tun konnten, dieses Haus, durchaus in respektvollem Gedenken an seine Geschichte, mit neuem Leben zu füllen?

Es brauchte gar keinen Entschluss dazu, diese Betrachtungsweise gewann Tag für Tag an Plausibilität. Wer sollte ihnen streitig machen, hier zu sein? Sie hatten einfach Glück gehabt. War das ein Verbrechen?

18.

Ein paar Wochen später kam von der Polizei die Bestätigung, Eversmeyer sei eines natürlichen Todes gestorben. Die Ermittlungen, die ohnehin nur Routinecharakter gehabt hätten, seien eingestellt worden. Sabine Hoffmann informierte die Nachbarschaft in einer Rundmail und lud zu einer Art Gedenkfeier ein. Im Wesentlichen waren es die Partygäste des Sommerfests, die sich an einem sonnigen Oktobersonntagnachmittag im Garten der Hoffmanns einfanden. Auch die Sandmanns kamen.

Die Frau mit der Eigenart, die Augen etwas weiter zu öffnen als normal, trug wieder das T-Shirt, auf dem *brutalism* stand. Nikolai überlegte, warum? Sie besaß vermutlich eine Million T-Shirts. Vielleicht eine Reverenz an den Verstorbenen? Aber was sollte sie bedeuten?

Die Atmosphäre war gedämpft, aber keineswegs niedergedrückt. Alle sprachen freundlich und voller Hochachtung über Eversmeyer. Als das erste Lachen eines Mannes erscholl, stand fest, dass man es mit der Bestürzung jetzt nicht länger übertreiben wollte.

Sven Hoffmann hielt eine kleine Rede auf Eversmeyer. Er nannte ihn unter anderem sogar »das Gewissen des Philosophenviertels«. Nikolai wunderte sich über so viel Hochachtung für jemanden, dessen Geringschätzung Hoffmann nicht völlig entgangen sein konnte. Eversmeyers geradezu hasserfülltes »Hüten Sie sich vor ihm. Er ist eine Null. Aber gefährlich, wenn er Sie erst mal am Wickel hat«, war Nikolai noch im Ohr. War Hoffmann wirklich so großmütig? Oder gelang es ihm nur, was er eigentlich dachte, gut zu verbergen?

Und was hatte Eversmeyer gemeint, als er Nikolai geraten hatte, sich zu »hüten«?

In diesem Moment stand Hoffmann neben ihm und legte ihm den Arm um die Schulter wie einem alten Freund. Nikolai spürte Hoffmanns kräftige Umarmung, mit der er ihn ein wenig von der Gruppe wegführte. Sie war bedrohlich und beruhigend zugleich, wie der fachmännisch-feste Griff eines Arztes. Nikolai wusste, dies war der Moment, vor dem Eversmeyer ihn gewarnt hatte. Er wusste nicht, wie es geschehen würde, aber es gab keinen Zweifel mehr, dass es nun so weit war.

»Komm schon. Du weißt, was jetzt geschieht. Du hast es unzählige Male durchgespielt. Jetzt wird es Realität«, flüsterte Sven.

Nikolai sah die Blicke der Umstehenden auf sich gerichtet. Sie lächelten wissend. Er sah sich nach Tatjana und Marie um. Sie standen bei den anderen und lächelten genauso wie sie.

Als sie außer Hörweite waren, hielt Hoffmann an.

Nikolai dachte, nun käme die Sache mit den Streichholzschachteln zur Sprache, seine Schnüffelei, Saudi-Arabien, die Nazivergangenheit oder noch ganz andere Dinge, von denen er noch gar keine Ahnung hatte. Aber nichts davon geschah.

Tatjana beobachtete die Szene aufmerksam. Obwohl sie keine Ahnung hatte, was vor sich ging, war sie sich ganz sicher: Hoffmann machte Nikolai gerade ein lukratives Jobangebot. Wofür war noch nicht ganz klar, aber höchstwahrscheinlich würde es darum gehen, das ehemalige Geheimdienstgelände zu Geld zu machen. »Zu entwickeln«, wie man sagte. Zum Abschluss des Gesprächs gaben sich die Männer die Hand.

Nikolai kam auf sie zu mit einem Freudestrahlen, wie sie es lange nicht bei ihm gesehen hatte. Er stellte sich zwischen seine Frau und seine Tochter und sagte zu ihnen:

»Wir sind angekommen.«